1

UM CURUMIM EM BUSCA DE DEUS

LUIZ GONZAGA DE ALMEIDA

1ª Edição
Anápolis, GO
2019

2

UM CURUMIM EM BUSCA DE DEUS

Copyrigths © por Luiz Gonzaga de Almeida
Redação, revisão e diagramação por Luiz Gonzaga de
Almeida
Capa por Luiz Gonzaga de Almeida

**Dados Internacionais de Catalogação na Publicação
(CIP)**
(Câmara Brasileira do Livro, SP, Brasil)

A447u	Almeida, Luiz Gonzaga de
	Um curumim em busca de Deus / Luiz Gonzaga de
	Almeida. -- 1. Ed. -- Anápolis, GO : Ed. do
Autor,	
2018.	
	ISBN: 978-85-5294-642-7
	1. Ficção religiosa I. Título.

19-23304

CDD-B869

Índices para catálogo sistemático:

1. Ficção religiosa : Literatura brasileira B869

Cibele Maria Dias - Bibliotecária - CRB-8/9427

LUIZ GONZAGA DE ALMEIDA

CURRICULUM

Luiz Gonzaga de Almeida (Professor Luizinho)
Nasceu em Guaratinguetá – SP em 05 de fevereiro de 1951.
Atualmente reside em Anápolis – GO.
Formado pela Faculdade de Pedagogia da Organização Guará de Ensino – Guaratinguetá – SP.

Atuou por 22 anos no magistério estadual e municipal no estado de São Paulo, no município de Guaratinguetá, nas funções de inspetor de alunos, professor, coordenador pedagógico e diretor de escola.

Autor do livro "EDUCAR SEM EDUCAÇÃO", A escola que o brasileiro gostaria de ter.

Autor do livro "TE CONTEI...?" Crônicas e Contos.

Autor do livro "JUDITH" O voo de uma borboleta – Infantil.

Músico profissional por mais de cinquenta anos, tocando em eventos festivos, religiosos, em bares e restaurantes, atuou como professor de violão e regente de coral infantil em escolas públicas e particulares.

É autor de hinos de escolas e músicas populares.

Sumário

LUIZ GONZAGA DE ALMEIDA

UM CURUMIM EM BUSCA DE DEUS

Numa tribo indígena de uma aldeia próxima às margens de um grande rio no coração da mata amazônica, vivia um indiozinho chamado Abajeru que na língua Tupi Guarani significa "fruto de penca" ou "fruto de papagaio".

O povo de Abajeru, apesar de viver no meio da mata, tinha contato com homens brancos, pois há poucos quilômetros da aldeia havia uma vila de colonos de origem branca dos europeus e outra de negros descendentes de africanos e o contato permitiu que os de origem indígena aprendessem a se comunicar com os vizinhos.

Abaeté (homem verdadeiro em Tupi), pai de Abajeru, encomendou a um caminhoneiro que sempre passava por uma estrada próxima da aldeia, que trouxesse os aparelhos de rádio e TV e instalasse na oca grande onde toda tribo poderia assistir aos programas que ele Abaeté, que também era o Cacique, escolhia para que todos pudessem desfrutar.

Dessa maneira, o povo de Abajeru, pode ter conhecimento e até condições de se adaptarem aos costumes do branco e assim adquirir também o hábito de falar e entender para se comunicar com a língua portuguesa.

O mais comum e até infalível era que todos assistissem a missa nas manhãs de domingo e embora sem muito entender as orações e os dogmas praticados, assistiam com muita atenção e curiosidade daquilo que o sacerdote pronunciava e o povo respondia e com isso foram se acostumando as práticas que respondiam junto com o som da TV mesmo entendendo muito pouco dos significados do que era dito ou feito.

Com o tempo, os indígenas passaram a repetir os movimentos que aconteciam durante a celebração, como ajoelhar, cantar, rezar e bater palmas e até a distribuição simbólica da hóstia na comunhão, mesmo eles não sabendo de que alimento se tratava ou como chamava, repetiam os movimentos do que estavam presenciando no aparelho.

Mas, a questão religiosa não parou por ali. Alguns que não gostavam muito de TV e preferiam o rádio, além dos jornais, dos musicais, também descobriram os cultos evangélicos que aconteciam transmissão pelo aparelho. E assim, tiveram a mesma prática de orar, cantar e repetir frases que eram ditadas pelos pastores condutores dos cultos transmitidos.

UM CURUMIM EM BUSCA DE DEUS

Abajeru, curioso que era, acompanhava tudo com muita atenção e sempre perguntava aos mais velhos quando uma dúvida surgia ou quando não entendia algo que foi falado.

O mais consultado era o velho Pajé que mesmo não entendendo muito do que era dito, em virtude da dificuldade em entender o que diziam, sempre tentava explicar a Abajeru usando a sua experiência e seu profundo conhecimento da vida. Abajeru ouvia, pensava e quando alguma coisa não ficava clara ele procurava na floresta algo que lhe acalmasse a curiosidade. Era nas árvores e nos animais, no barulho das corredeiras do rio, no voo e no canto dos pássaros.

Abajeru conhecia os ídolos venerados ou temidos pelo seu povo que eram o Sol, a Lua, os espíritos que o Pajé invocava nas suas manifestações e principalmente o poderoso e temido Trovão. Certa feita, Abajeru ao ouvir insistentemente na TV e no rádio sobre um Deus de infinita bondade e poder, teve a curiosidade aguçada para saber do que se tratava e correu perguntar para mãe a bela Acaiaca (que no Tupi significa árvore forte que resiste ao cupim), mas Abajeru não obteve nenhuma informação que o satisfizesse. Perguntou então ao pai Abaeté que também não soube lhe informar direito e o deixou mais confuso ainda.

Sem conseguir nenhuma informação do pai e da mãe, o pequeno indiozinho de pouco mais de oito anos, procurou então o Pajé que com certa demonstração de impaciência dado aos constantes questionamentos do menino índio, mandou que ele voltasse mais tarde que ele ia pensar. Abajeru se conformou, mas não se distanciou da oca do Pajé e ali permaneceu o resto do dia na espera de uma resposta.

O Sol já se punha por trás das árvores que rodeavam a aldeia e então o Pajé desponta na porta da oca com o cachimbo preparado para ser aceso. Sentou-se num tronco perto de uma fogueira, apanhou uma pequena lasca de madeira incandescente, encostou a brasa no cachimbo, puxou duas ou três baforadas, e fez sinal para o menino índio que aguardava ao longe, para se aproximar.

Abajeru aproximou-se do Pajé, fez um aceno pedindo licença para se sentar o que o Pajé consentiu e iniciou-se um diálogo:

— O que Pajé pode dizer pra Abajeru não é muito do que Abajeru quer saber!

— Por quê? Pajé não sabe falar com o Deus da igreja do homem branco?

Então o Pajé responde:

— Pajé não sabe chamar o Deus do homem branco.

E Abajeru questiona:

LUIZ GONZAGA DE ALMEIDA

— Pajé sabe tudo dos índios. Pajé sabe chamar os espíritos, Pajé sabe adorar o deus Sol e a Lua. Por que Pajé não sabe chamar o Deus dos brancos?

E o Pajé responde:

— Porque Pajé nunca foi na igreja do homem branco.

Abajeru saiu apressado sem se despedir do Pajé e seguiu em direção à mata e nem prestou atenção que o dia já se findava. Entrou na mata e ficou observando o pouco que ainda dava para enxergar. Então fez uma reflexão e em seguida começou a gritar.

— Deus...! Deus...! Deus...! Repetiu por muitas vezes, depois com a voz já cansada, encostou-se a uma árvore e seus olhos não resistindo ao cansaço se fecharam. De repente, Abajeru já se encontrava num profundo sono e começou a ter um sonho muito estranho.

O pequeno índio se encontrava próximo a uma cachoeira longa e barulhenta que caia do alto de uma montanha de um lugar em que ele não conhecia. Ouve então passos de cavalo às suas costas e quando se vira percebe uma sombra de um grande índio sobre um cavalo de longas crinas a cair sobre seu pescoço. Abajeru se assusta e tenta correr, mas o índio o cerca e diz a ele que se acalme. O curumim então assustado e sem forças para correr senta-se numa pedra e aguarda enquanto o índio adulto desmonta do corcel negro, se aproxima e pergunta ao menino índio:

— Como é seu nome curumim?

— Abajeru. Responde ele.

O índio se agacha na margem do rio, molha as mãos passando-as no rosto, toma um gole com as mãos, encosta na boca e sorve numa demonstração de frescor e volta a falar:

— Você quer ver o Deus do homem branco. Não é?

E o curumim responde:

— É isso mesmo. Você sabe onde ele está?

O índio sorve outra golada de água e responde:

— Sei. Mas só vou lhe dizer se você me disser por que está num lugar tão perigoso como esses onde felinos e outros comedores de carne rondam a procura de alimento.

Diz então o menino índio:

— Eu vim procurar o Deus do homem branco. Vim ver se Ele estava por aqui. Argumenta o pequeno índio:

— Mas, quem lhe falou que Ele está por aqui? Pergunta o índio adulto.

Responde o curumim.

— Ninguém. Eu que pensei que talvez O encontrasse aqui.

Então o índio adulto fala para o menino índio:

— Não é assim que você vai encontrá-Lo. Primeiro você tem que pensar muito que Ele existe e acreditar no que está pensando. Só assim você poderá senti-Lo, mas, só quando você tiver bastante informação sobre Ele é que você poderá encontrá-Lo. Antes disso volte para tribo e pense muito no que eu estou lhe falando. Talvez um dia você vá encontrar quem ou o quê você procura. Mas, vá preparado porque a dificuldade que você vai encontrar talvez o faça desistir antes que aconteça e talvez não seja de fato aquilo que você está procurando. Agora tome um pouco d'água e vá para sua aldeia.

"Conhece-te a ti próprio e conhecerás o universo."　　　Sócrates.

Curumim se abaixou para beber água, ficou um longo tempo com os olhos cerrados e quando os abriu viu que estava encostado na mesma árvore de quando chegou à mata. A Lua brilhava sobre sua cabeça, mas tanto a cascata quanto o índio e o cavalo não estavam mais por ali.

Abajeru retorna à sua aldeia onde encontra pai e mãe na porta da oca e querem saber onde estava e por que demorou tanto a voltar para a aldeia. Então Abajeru que não tinha hábito de mentir contou toda a verdade ao pai que o repreendeu energicamente e determinou que Abajeru não saísse mais da aldeia sem a companhia de outro índio.

O curumim então muito contrariado ocupou a sua rede, mas não conseguiu pregar os olhos só pensando no ocorrido e em o que faria para encontrar o Deus dos brancos.

"Cada dia que amanhece assemelha-se a uma página em branco, na qual gravamos os nossos pensamentos, ações e atitudes. Na essência, cada dia é a preparação de nosso próprio amanhã."

Chico Xavier

O menino índio não conseguiu mesmo pegar no sono durante a noite, pensou, argumentou consigo próprio em pensamento lamentou a decisão dos pais em proibir-lhe a saída da aldeia e foi arquitetando alguma possibilidade de continuar sua procura, mas, sem a liberdade para buscar fora dali e não encontrando respostas com o seu povo decidiu que a única chance seria uma fuga da aldeia.

Por sua pouca idade, não pensou no mal que estaria provocando ao seu povo e a si mesmo com sua saída para lugares desconhecidos e no sofrimento que sua ausência traria para todos, mas não encontrou outra resposta às suas dúvidas e tomou a decisão.

Logo que o sol surgiu, Abajeru desceu da rede retirou suas amarras dos troncos, jogou dentro dela alguns pertences e ferramentas, algumas espigas de milho e batatas doce e deixou a oca pé ante pé, para não acordar seus pais e seguiu em direção à estrada que cortava a mata.

Andou por vários quilômetros sempre olhando para trás para certificar-se de que ninguém o seguia, embrenhou-se na mata e de repente estava numa clareira onde se via a estrada com alguns caminhões e pessoas a cavalo ou de bicicleta seguindo para um lado ou para outro.

Tentando encontrar um rumo, visto que não tinha noção de para onde ir, o menino índio escolheu a decisão que era prática do povo indígena, a de seguir sempre a direção em que o sol percorria que no conhecimento do branco seria da nascente ao poente ou do Leste para o Oeste. Assim seguiu nosso pequeno índio caminhando pela estrada poeirenta e quente que queimava a sola dos pés como se estivesse pisando em brasa. Mas, seguiu nosso indiozinho em fuga buscando seu objetivo que era o de encontrar Deus, que muito houvera falar.

Depois de longa caminhada e com o sol já se escondendo no poente por trás das montanhas, Abajeru encontrou algumas árvores copadas que faziam sombra, buscou alguns gravetos que usou para fazer uma pequena fogueira à moda indígena, fez alguns espetos com uma pequena faca de pedra que carregava e pôs duas espigas de milho que estavam na sua bagagem para assar. Em seguida comeu os bagos das espigas e deitou-se para descansar.

Abajeru dormiu pesadamente aquela noite em razão do cansaço da caminhada e por não ter dormido na noite anterior. Foi bruscamente despertado pelo barulho dos motores de dois caminhões que estacionavam muito próximo da árvore em que o pequeno índio descansava. Então os motoristas desceram das boleias e seguiram em direção ao local que Abajeru se encontrava.

Um dos motoristas chega e pergunta:

— O que você faz sozinho por estas bandas, moleque?

O curumim não responde. Olha assustado e abaixa novamente os olhos. E o motorista torna a perguntar:

UM CURUMIM EM BUSCA DE DEUS

— Onde você mora menino?

— Cadê seus pais?

O indiozinho permanece calado e bastante assustado a ponto dos caminhoneiros perceberem sua apreensão e cochicharem entre eles:

— Deixe quieto. Quando ele resolver ele fala.

Os motoristas jogaram uns panos no chão sob a copa da árvore e tiraram algumas horas de um cochilo muito profundo e o menino índio ria dos roncos e movimentos que os homens produziam enquanto dormiam.

Logo que acordam os homens então voltam à investida para retirar alguma informação do indiozinho. Mas quem toma iniciativa agora é o segundo motorista que se senta do lado do menino índio e puxa uma conversa:

— Onde você mora garoto?

Abajeru se vira e aponta para trás da direção em que estava voltado e diz:

— Lá.

E o motorista volta a perguntar:

— Na mata?

O curumim meneia a cabeça positivamente.

E o motorista assustado exclama:

— Então você é índio! E pergunta:

— Não é?

Dados as suas características o motorista já houvera percebido. Abajeru meneia a cabeça positivamente.

O outro motorista entra na conversa e pergunta:

— Você está perdido ou fugindo de casa?

Novamente ele faz o movimento de positivo com a cabeça.

E o motorista:

— Está fugindo?

E a resposta é positiva novamente.

Os caminhoneiros conversam entre eles sem deixar o indiozinho escutar e em seguida um deles diz ao curumim:

— Você vai seguir conosco até a próxima cidade. Lá, vamos entregar você para uma autoridade te devolver para a sua aldeia. Ou você quer seguir perdido por aí?

O menino índio fez sinal com a mão que queria seguir em frente.

Então os motoristas mandaram que ele juntasse as coisas colocasse na rede e fosse para um dos caminhões.

LUIZ GONZAGA DE ALMEIDA

A preocupação dos motoristas em dar paradeiro certo ao indiozinho era em razão de haver captura de crianças indígenas por traficantes para escravização. Isso acontecia com frequência naquela região porque muitas tribos mal entendia a língua portuguesa e não conhecia a intenção dos marginais. Em alguns casos os traficantes convenciam os índios a ceder seus filhos ainda pequenos para levá-los para qualquer benefício que eles inventavam e que era mentira. Diziam que levariam ao médico que estava em outra aldeia ou para tirar fotos. Só que eram raptados e levados para outros estados e até outros países para serem escravizados ou mesmo vendidos para pessoas que desejavam comprar um filho quando não tinham possibilidades de tê-los naturalmente.

Curumim quase não falava, apenas sim ou não quando era perguntado. Mas o motorista que o levava na sua boleia falava muito e cobria o pequeno índio de questionamento e colocações em forma de conselho. Por exemplo, contou a história dos traficantes e pediu que ele tivesse muito cuidado e principalmente não dissesse a ninguém que era indígena e que trocasse seu nome para João, por exemplo. Abajeru estranhou um pouco, mas concordou meneando a cabeça positivamente como de costume.

Passadas seis ou sete horas em que viajavam como já caia a noite, já avistavam pequenos fachos à distância de luzes acesas de uma cidade. Iniciou-se então uma chuva que foi aumentando até se tornar torrencial. Entraram com os caminhões na pequena cidade e se dirigiram a uma casa onde estava escrito "Delegacia", pararam em frente e os motoristas foram bater à porta para entregar o indiozinho à autoridade que eles ali encontrassem. Bateram e chamaram por algum tempo sem que ninguém atendesse desistiram e retornaram aos caminhões. Lá chegando viram que o menino índio já não se encontrava onde eles o deixaram.

Gritaram por João, por Curumim, mas sem resposta decidiram procurar abrigo da chuva e esperar o dia amanhecer para seguirem viajem.

A chuva não cessava e Abajeru resolveu procurar abrigo sob uma pequena ponte sobre um riacho. Juntou alguns gravetos, fez uma fogueira e colocou para assar não mais milho, mas algumas batatas-doces. Após estarem assadas comeu-as e pegou novamente num sono profundo mesmo com a chuva pesada fazendo muito estardalhaço batendo no piso da ponte que era metálico.

Repentinamente o menino índio acorda assustado, pois parecia que alguma coisa mexia nos seus pés, ele olha e percebe que um cãozinho estava lambendo-os e choramingava como chamando sua atenção. Abajeru desvia os olhos no sentido do leito do rio e percebe que uma correnteza fortíssima já atingia a margem e estava prestes a alcançá-lo. Ele junta seus pertences e sai pela chuva que já não era tão intensa, mas o riacho subia mais e mais ameaçando alcançar toda margem e atingir a parte alta da ponte e as ruas.

Tudo o que Abajeru gostaria de entender naquele momento, era o aparecimento do cãozinho e de como ele também desapareceu logo que o curumim se afastou do perigo e do mal que poderia acontecer. Se fosse arrastado pela correnteza da enchente à noite e num lugar onde não conhecia. Seria mortal. Mas o pequeno índio não se intimida em seguir seu intento e continua caminhando pela cidade até que a noite termine.

"Não desista nas primeiras tentativas, a persistência é amiga da conquista. Se você quer chegar aonde a maioria não chega, faça o que a maioria não faz."
Bill Gates

Quando amanheceu e o sol voltou a brilhar, Abajeru sentiu muita fome, mas já não tinha nada para comer. Saiu então procurando uma árvore frutífera com as quais pudesse saciar sua necessidade de alimento. Passou por um sítio e nele havia uma pequena horta, alguns pés de laranja e algumas bananeiras, todos carregados de frutos maduros. Avançou por uma pequena cerca que havia ali e quando já sorvia o suco de uma deliciosa laranja, escutou um barulho forte, olhou e percebeu um homem com uma espingarda as mãos e gritando impropérios como "pega o ladrão e outros mais".

O pequeno índio assustado sai então em intensa velocidade e não percebe que a sua frente e em sentido contrário vem um automóvel e os dois se chocam.

O dono do sítio ao perceber o acidente e verificando que se tratava de uma criança se esconde com medo de ser ele responsabilizado pelo acidente. De dentro do automóvel sai uma moça toda de branco aparentando ser enfermeira ou médica e vai tentar socorrer o menino índio. Ela então verifica os locais críticos que poderia haver fratura num acidente e certifica-se de que nada de grave aconteceu. Foi só uma batida com algumas escoriações.

A motorista se tratava mesmo de uma enfermeira e trabalhava no posto médico da cidade. Ela coloca o menino índio no seu carro e o leva para o posto médico para tratá-lo. Ao chegar ao posto ela conta então o ocorrido a uma colega de serviço que a ajuda a tratar as escoriações, mas não tem cortes profundos nos braços ou nas pernas, e nenhum ferimento na cabeça ou no tórax.

LUIZ GONZAGA DE ALMEIDA

Ai então vem o tratamento mais difícil que era o de descobrir quem era ele ou talvez descobrir o nome que ele só dizia se chamar João. É oferecido ao menino índio biscoitos e suco e Marina, a enfermeira, começa a perguntar sobre sua origem, seu nome completo, quem seriam seus pais, mas o indiozinho não faz nenhuma menção de que responderia.

Marina se vendo angustiada por não ter como dar solução ao problema exclama:

— Meu Deus!

E o curumim então se solta e pergunta:

— Você conhece Deus?

E ela responde:

— Bom! Não O conheço. Mas, eu acredito Nele.

E Abajeru diz para ela:

— Eu sou índio lá das matas e fugi da aldeia para encontrar o Deus dos brancos.

Isso só apavorou a enfermeira que conhecia as histórias de curumins sendo roubados das aldeias para serem escravizados por fazendeiros ou donos de confecções de roupas nas grandes capitais e que policiais da região acobertavam em troca de pequenos presentes que recebiam dos traficantes.

Marina convoca uma reunião com os colegas de trabalho para tentar uma solução para um problema que poderia desencadear sérias complicações a todos os envolvidos. Caso as autoridades do município descobrissem, investigariam todo mundo o que só traria complicações, mas não chegam a nenhuma conclusão de como resolver aquela situação. Mas a enfermeira sempre muito solidária e prestativa decide sozinha e leva o menino para sua casa até que outra solução seja encontrada.

Marina era de outra cidade e fora designada para prestar serviços de enfermagem naquela comunidade pela falta de disponibilidade de pessoal qualificado naquele município, assim passou a morar lá, mas deixou o marido onde ele trabalhava que era na cidade natal do casal.

Ao chegar à casa de Marina, o curumim se recusa entrar e fica sentado na calçada em frente. Quando vai anoitecendo, Marina leva um sanduíche de mortadela e um copo de guaraná que Abajeru recusa a princípio, mas Marina deixa sobre uma banqueta ao lado do menino índio que vai aos poucos experimentando o cheiro. Prova para sentir o sabor e acaba comendo todo o sanduíche e bebendo o guaraná. Marina fica observando e ao ver que ele terminou, repete a dose e o menino índio aceita prontamente sem recusa.

A noite cai e Marina convida o curumim para entrar o que ela arranjaria um lugar para ele dormir. Ele recusa veementemente e ela deixa que ele faça o que for melhor e vai se preparar para o sono da noite e o descanso para o trabalho no dia seguinte.

Marina toma banho, põe o pijama, apaga as luzes e se deita. Logo Abajeru desenrola a rede e a estica em duas pilastras que decoravam a varanda se joga sobre ela dorme o sono dos justos.

Logo que amanheceu, Marina preparava seu café matinal quando dois caminhões estacionaram em frente a sua casa. Ela abriu a porta e atendeu os homens que disseram que ao saber que o menino estava com ela e como estavam preocupados com o pequeno índio foram certificar se ele estava bem. Ela se diz também preocupada e se colocou a disposição para cuidar daquela criança até que seus familiares fossem encontrados ou que as autoridades os descobrissem e tomassem as medidas cabíveis. Os motoristas agradeceram então a disposição da moça em cuidar e seguiram suas viagens.

Nesse mesmo dia a enfermeira foi até a delegacia de polícia e lá se encontrava um único escrivão que também era designado de outro município, ele disse à Marina que o único procedimento daquele setor de serviço seria lavrar um termo de compromisso. Que Marina assinaria como responsável, e quando o juiz da comarca passasse por ali ele tomaria outra decisão se assim achasse necessário, mas deixou claro, que ele estava trabalhando ali há três anos e nunca ouviu falar que um juiz passara por ali, quanto mais vê-lo.

Marina, como foi dito no início dessa etapa da história, era de outro município, mas ela cuidava daquela população como fossem da sua família. Lá ela era enfermeira, médica, psicóloga, conselheira e até líder religiosa que por ser muito fervorosa, quando o padre muito velhinho e doente não podia comparecer ela liderava os fiéis e rezava nas manhãs de domingo.

Sendo assim ela tinha dificuldades em ir para sua casa nos fins de semana e o marido é que se deslocava para ficar com ela.

O tempo foi passando e Abajeru se afeiçoando cada vez mais a sua protetora por quem era cuidado e protegido como seu próprio filho. O menino índio sem perder seus objetivos, sempre acompanhava a enfermeira nas atividades da igreja. Alguns disseram tê-lo visto procurando alguma coisa ou chamando por Deus, quando se encontrava sozinho. Mas desde a primeira visita do marido, formou-se um sentimento de ciúmes de ambas as partes. O marido de Marina também não se simpatizou com o menino índio.

Foi assim seguindo, quando o marido de Marina estava em casa o indiozinho quase não aparecia, e se vinha era só para dormir e para comer alguma coisa que a enfermeira guardava para ele, no mais, ele comia frutas e raízes que encontrava nas propriedades que não eram habitadas, tomava banho de rio, lavava e estendia suas roupas para secar na beira do rio e passava parte do tempo pescando alguns peixinhos que comia ou levava para oferecer à Marina.

Mas, sempre se tinha notícias do pequeno índio que era respeitador, prestativo e nunca aceitava nada que não fosse comida. Ás vezes alguma pessoa arriscava em oferecer a ele uma roupa usada, ele de pronto recusava. Tinham que levar ao posto médico ou na casa da enfermeira.

Numa manhã ensolarada, estava Abajeru brincando pela rua e viu que algumas crianças caminhavam muito alegres, ele foi seguindo as crianças e percebeu que elas carregavam algo. Aproximou-se delas curiosamente e fixou seu olhar nos objetos dos meninos que eram; cadernos, livros e demais materiais de escola.

As crianças não deram atenção e seguiram e o menino índio também seguiu acompanhando aquelas crianças e todo papel que ele encontrava ele recolhia e colocava embaixo do braço como os meninos carregavam os cadernos.

Ao chegar à escola, os meninos entraram na sala onde a professora esperava na porta e Abajeru parou, encostou-se ao portal e ficou observando. A professora sem entender bem o que acontecia, ficou observando o menino índio que prestava muita atenção em tudo que acontecia. Então uma aluna se aproximou da professora e falou:

— Tia, esse é o João, filho da enfermeira.

A professora que morava no município, conhecia todos os moradores e principalmente a enfermeira, mas não entendia como ela de repente apareceu com um filho. Mas ela tem uma boa atitude. Vai até o menino índio e pergunta:

— João, você não quer entrar e se sentar?

O menino índio como que impulsionado por alguma coisa corre em direção a uma carteira vazia e se senta. Em seguida a professora oferece a ele um caderno e um lápis que segura e fica olhando como que fosse algo muito estranho, que para ele era. Ao final da aula a professora então fala para ele:

— João, eu sou a Tia Neuza e se você quiser voltar amanhã, eu vou gostar muito.

UM CURUMIM EM BUSCA DE DEUS

A professora Neuza ao término da aula resolve tirar aquela situação a limpo com Marina. Ela vai ao posto médico pede para falar com a enfermeira e pede explicação daquela situação.

Marina conta a professora toda à história, inclusive que não havia procurado a escola ainda porque o menino índio não havia se adaptado aos costumes da gente branca. Falou que ele ainda dormia na rede na varanda, tomava banho e lavava suas roupas no rio, retirava as raízes, colhia as frutas e pescava os peixes que comia e principalmente, que ele não aceitava ficar em casa quando o marido se encontrava.

Ela temia que a qualquer momento ele fosse embora. Mas, principalmente que nem nome ele tinha. João foi inventado por dois caminhoneiros que o levaram até ali e que o orientaram a não falar do nome indígena para não atrair a atenção dos traficantes de crianças indígenas.

A professora então se incumbe de providenciar a documentação para o menino índio ser oficialmente matriculado. Vai à delegacia pede orientação ao escrivão que se prontifica em cuidar de tudo. O escrivão disse que iria ao cartório da comarca na cidade vizinha no dia seguinte e se informaria com o tabelião de quais providências tomarem e assim procedeu.

O tabelião consultou o juiz da Comarca que autorizou a emitir um registro provisório que ele assinaria.

Vem à dúvida: Qual seria o nome em português do menino índio?

Mas o escrivão puxando pela memória, lembra que a enfermeira que ficou responsável pelo menino índio, na história que ela contou, destacou que ele havia fugido de casa para procurar Deus, e que ele assumiu o nome de João, então se definiu por ser João Índio de Deus o seu nome e assim ficou.

O menino índio passou a frequentar a escola regularmente, sem faltar um dia sequer. Seguiu aprendendo o que era ensinado pela professora. Participava das atividades de grupo e inclusive ensinava aos colegas e até a professora sobre história indígena e muita coisa da língua Tupi Guarani. Sendo assim, ele concluiu os cinco primeiros anos do Ensino Fundamental. Isso ajudou também para que o menino índio aceitasse dormir dentro da casa da enfermeira, mas quando o marido dela não estava presente.

Passaram-se cinco anos e o curumim foi ficando, pois ninguém encontrou notícias de sua origem. A enfermeira foi transferida para a sua cidade de origem, Abajeru, que terminou o período nos primeiros anos escolares, aprendeu a ler e escrever e principalmente a se comunicar, mas se recusou em acompanhar a enfermeira, deixou aquela cidade e seguiu outro caminho para continuar sua busca. Mas sem ter noção de que fatos marcantes aconteceriam durante a sua busca.

Ao se despedir da enfermeira, Abajeru agradeceu muito, pediu muitas desculpas e disse que sua missão ainda não havia terminado e que ele teria de continuar a procura daquilo que buscava desde que fugiu da aldeia e da sua tribo, mas que um dia a encontraria novamente.

Seguiu então o índio o seu caminho incerto, pois a única certeza era de que seria longo e sofrido, mas teria de ser feito ou tudo estaria perdido como disse o índio que ele encontrou na mata.

"Por mais longa que seja a caminhada o mais importante é dar o primeiro passo". Vinicius de Moraes.

Segue o caminho incerto o índio, mas tem a certeza de que deverá persistir no seu intento para não ter de voltar aos braços dos pais que o receberão com grande emoção, mas também ficarão decepcionados com o retorno do filho sem sucesso naquilo que tentou e não conseguiu. Seria como ir à caça ou à pesca e voltar de mãos vazias. Isso no conceito indígena representa total fracasso para um guerreiro.

"Ninguém nota sua dor, ninguém nota suas lágrimas, mas todos notam seus fracassos." Harry Styles.

Pela primeira vez Abajeru experimenta o sentimento saudade. Lembra-se dos carinhos da mãe, das brincadeiras com as outras crianças da sua tribo, mas principalmente do pai Abaeté, carinhoso, compreensivo e muito cuidadoso. Também pela primeira vez, ele que se habituou a rezar quando acompanhava a enfermeira a igreja, pensa em Deus de forma diferente de quando ainda não sabia da sua existência, embora não o conhecesse como gostaria que fosse.

Abajeru encontrou pessoas de todas as características e personalidades, mas algumas que vêm a seguir, com certeza, ele preferia nunca ter conhecido.

O índio, depois de caminhar por dezenas de quilômetros, sentou-se para descansar próximo da porteira de uma fazenda muito bem cuidada; com uma alameda de entrada muito bem arborizada com altas palmeiras nas margens, ao fundo via-se um lindo casarão repleto de portas e janelas com estátuas esculpidas sobre a mureta da sacada, jardins floridos e coberto por gramas verdes forradas pelas gotas do orvalho que caiu na madrugada. Abajeru depois de descansar por uns minutos fica a admirar a propriedade que mais parecia um paraíso.

Ao longe, ele percebe que um cavaleiro muito elegante se aproxima em direção a onde se encontra e à medida que se aproxima, abre um sorriso e o saúda simpaticamente:

— Saudações querido visitante! Se aproxime para que eu possa cumprimentá-lo.

Abajeru muito inibido e envergonhado acena com a mão e permanece fora da cerca de arames que limita a propriedade. E então o cavaleiro insiste dizendo:

— Pode chegar amigo. Não tenha medo. Aqui somos todos amigos. Venha comigo que vou te apresentar a propriedade.

Segue então o índio as passadas do cavalo que vai à sua frente conduzindo um homem, supostamente, bom e generoso.

Ao se aproximarem da sede, o homem apeia do cavalo, se aproxima do índio, coloca o braço nas suas costas e convida:

— Vamos entrar. A casa é sua.

Bate palmas como que clamando por alguém e em seguida aparecem duas mulheres vestidas como criadas. O homem então ordena:

— Tragam água fresca, um bule de café e um pedaço de bolo para o nosso visitante.

As mulheres vão para outro cômodo da mansão e em alguns minutos estão de volta com duas bandejas repletas de comidas e bebidas. O homem então solicita que Abajeru se sente numa poltrona próxima de uma mesinha de centro e pede às mulheres que o sirvam. O índio permanece tímido e envergonhado, mas a fome é maior e ele não rejeita ser saciado por aqueles alimentos que o desconhecido lhe oferece com aparente simpatia.

Após saciar a sede e a fome do visitante, o fazendeiro o convida para uma caminhada e o leva para conhecer a propriedade. Vão caminhando e o homem vai narrando a história de como adquiriu a fazenda, que foi de uma dívida não paga por um devedor, de como seus "colaboradores" reformaram alguma coisa e construíram outras. De como ele precisava às vezes ser rígido para que os "colaboradores" cumprissem com os trabalhos e foi descrevendo uma série de condições e maneiras de manter aquilo tudo. E sempre insistindo que tinha às vezes que ser rigoroso com as obrigatoriedades que impunha aos seus "colaboradores".

Abajeru ainda muito ingênuo ouvia e não entendia quase nada do que ele dizia, mas seguia encantado com a vista de tantas riquezas contidas naquele monumento de terras, gado e sua mansão que mais parecia um castelo, porém sem perceber o que havia por trás daquela conversa que de forma capciosa envolvia o pobre e inocente rapaz.

E o índio na sua simplicidade pergunta:

— Você é Deus?

E o fazendeiro responde:

— Sou sim. Sou o deus da cana, da soja e do café.

Depois de caminharem por quase duas horas onde o fazendeiro mostrava e descrevia seus bens materiais, eles retornam à sede da fazenda. O fazendeiro chama as criadas e manda que sirvam uma sopa para a visita e que preparem o quarto de hóspedes que ele dormirá ali. Elas obedecem e em poucos minutos, ele sem entender o porquê, está alojado num pequeno quarto com uma cama de solteiro, uma pequena mesa com duas cadeiras, um banheiro com chuveiro, mas não havia nenhuma janela e a porta era de grades de ferro com chapa de metal fechando as aberturas.

"Três coisas há que só se conhece nas ocasiões; O valor, no perigo; A prudência, no cólera; E os amigos, na adversidade."

Sêneca

Abajeru muito cansado dorme um sono longo e acorda de repente com dois homens próximo da sua cama revistando seus pertences. Tenta levantar, mas um homem segura e o outro coloca um saco na sua cabeça tampando seus olhos e amarra as suas mãos com um nó muito forte. Em seguida chega uma terceira pessoa em que ele reconhece a voz. Era o fazendeiro que ordena que retirem o capuz e pergunta grosseiramente ao índio:

— Como é seu nome?

— Você me disse que se chama João. Não é?

O índio meneia a cabeça positivamente. Mas, o fazendeiro irritado grita:

— É mentira. Você é índio. Índio não tem nome de João. E continua inquerindo:

— Onde estão seus documentos?

E ele responde:

— Eu não tenho documento.

E o fazendeiro completa:

— Melhor assim. E ordena a um dos capangas:

— Levem-no.

UM CURUMIM EM BUSCA DE DEUS

Abajeru é encapuzado novamente e jogado na caçamba fechada de uma caminhonete que empreende uma longa viagem sem que ele tenha noção de onde esteja ou para onde está sendo levado.

O índio começa então a ter lembranças da sua infância na sua tribo. Das caminhadas pela mata, das caçadas, das pescas, dos banhos de rio e das festas na aldeia do lado de seu povo, mas principalmente de Abaeté seu pai e Acaiaca sua mãe. Lembra-se; da onça da qual ele teve que correr muito para escapar, da cobra grande (Sucuri) que quase o pega quando brincava próximo de uma árvore com alguns filhotes de porco do mato, da unhada do tamanduá que quase arranca sua perna, mas principalmente da sua vida cercada de liberdade e espaço para viver e brincar.

Liberta-se dos seus devaneios no momento em que a caminhonete diminui a velocidade e faz menção de parar. Em seguida o automóvel para e ele ouve algumas vozes exaltadas e alguns gemidos. Algo que é jogado para dentro da caçamba permanece mexendo e gemendo. Logo outros corpos são lançados para o interior da caçamba da caminhonete que segue viagem.

E uma voz vinda de um dos corpos entoa:

"Meu Senhor e meu Deus, dize a minha alma: Eu sou a tua salvação. Que eu ouça e siga essa voz e Te alcance."
Santo Agostinho (em Confissões)

Após longa viagem a caminhonete para novamente e agora parece definitivo porque o motor é desligado. Abrem-se as portas da caçamba e o índio sente que estão atirando os corpos para fora e sente o seu corpo também ser impulsionado.

Embora ainda encapuzado o capuz de saco de linhagem permitia ao índio perceber que haviam chegado numa plantação de cana e que pessoas movimentavam alguns ferros parecendo serem correntes presas aos pés de alguém. Mas, logo vem à confirmação quando alguém fixa algo pesado aos seus pés, mas o índio se mantém calado e não faz nenhum movimento.

Em seguida todos são conduzidos para um galpão, são retirados os capuzes e podia-se ver que eram três homens, dois índios e um negro muito forte de dentes alvos e olhos negros, e a parte branca muito alva sem marca de derrame sanguíneo onde se podia verificar que não era viciado em nenhum tipo de droga ou bebida, além de falar bem e se comunicar corretamente.

Os outros dois que eram índios, se mantinham distantes e só se comunicavam entre eles falando muito baixo, não deixavam que os outros percebessem suas origens ou a que tribo eles pertenciam. Os capatazes chegam com roupas limpas e padronizadas, vão distribuindo sobre as camas dos beliches e apontando a quem pertencia. Abajeru ficou justamente na parte de cima do beliche que ficou o negro, mas ele chama o capataz e pede para trocar. Quer ele ficar na parte superior.

O capataz não gosta de ter que atender ao negro, mas acaba consentindo e chama todos para outro galpão onde estavam servindo uma refeição e assim dava para perceber que havia uma quantidade grande de índios, negros e poucos brancos, mas também, que só os brancos usavam botas, as mãos não tão calejadas e pareciam mais saudáveis.

Assim que eles iniciaram a refeição chega o fazendeiro; com calça modelo bombacha, cinta larga e suspensórios, camisa xadrez de mangas longas, botas de canos altos, chapéu de abas largas e fumando um charuto grosso e comprido. Cumprimenta todos com uma boa tarde, pois passava das duas da tarde, ordena que retirem as correntes daqueles que as tinham nos pés e começa uma preleção:

— Desfrutem bem dessa farta comida porque não vai se repetir com frequência nessa mesma qualidade.

— Sei que vocês não vão concordar com os métodos que aplico naqueles que não correspondem às expectativas da nossa equipe. Mas, muitos de vocês já estariam mortos ou morreriam em breve se continuassem soltos pelas ruas.

— Aqui vocês terão cama, comida, assistência médica, mas principalmente muitos trabalhos se tiverem bom comportamento.

— Terão privilégio nas escolhas dos serviços pela ordem: os brancos, os negros e por último os índios. Mas, aqueles que escolherem os trabalhos mais leves ao terminar ajudarão os que ainda não terminaram e os que foram ajudados terão de começar o dia ajudando aquele que o ajudou na tarefa anterior.

— Nenhuma tarefa pode ficar sem terminar ao final do dia e quem não completar sua tarefa deverá permanecer até acabar mesmo na escuridão da noite.

— Cada um será responsável pelas ferramentas recebidas e pagará por elas. Se estragarem ou perdê-las terão de pagar pela reposição.

— Todos farão exames médicos periódicos, mas se alguém alegar doença sem a confirmação do médico será castigado na forma das regras que aos poucos vocês descobrirão.

— Vocês receberão seus pagamentos em forma de vales que serão convertidos em moedas correntes na propriedade que é a "Vara". Cada real valerá uma Vara e vocês ganharão trinta e duas Varas por dia que poderão fazer com elas o que quiserem, até vender para alguém. Eu pagarei a metade do preço se vocês quiserem que seja descontado do valor das ferramentas. Vocês pagarão dez Varas por dia pela alimentação, duas Varas por três minutos de banho nos chuveiros, uma Vara por dia de aluguel pela roupa de cama, duas Varas por dia pelo consumo de energia elétrica cada um. O consumo será cobrado de todos do alojamento mesmo daqueles que não acenderam as luzes.

Mas, um negro bem mais velho e um dos mais antigos naquela colônia sussurra próximo aos que acabavam de chegar:

— Não contem com nada disso que ele está dizendo. Aqui só os brancos têm privilégios e recebem alguma coisa que é para parecer que todos estão aqui legalmente. Eles serão testemunhas a favor do Patrão se os fiscais do trabalho aparecerem por aqui. Os outros não recebem e ainda ficam devendo.

Continua então o senhorio:

— As correntes são para aqueles que resolvam fugir e levar alguma coisa que não lhes pertença. Mas já vou avisando que se eu pegar alguém que fugiu, eu entrego aos meus lindos jacarés e dá uma gargalhada.

Na fazenda havia uma lagoa que diziam ter, pelo menos, uns cem jacarés que estavam sempre muito famintos. Então conclui:

— Os que entenderam bem tudo que eu disse, expliquem aos menos entendidos.

— Para encerrar, vocês agora voltarão ao trabalho e os que chegaram hoje aguardem no alojamento que serão chamados para exames médicos.

Os demais que estavam ali haviam chegado há uns quinze meses e não tinham tido ainda esse encontro com o patrão, apenas o viram de longe, só tinham contato com os capatazes e demais capangas. Mas lá, existiam, pelo menos, uns cinquenta homens nessa situação.

Ficaram os quatro numa sala aguardando serem chamados. Nesse tempo o negro travou uma conversa com Abajeru que muito ouvia, mas pouco falava. Contou o negro que se chamava Getúlio e enquanto esperavam iniciou com a história da sua vida.

Disse ele ser de família muito pobre do interior e que perdera pai e mãe quando era ainda muito novo e teve de ficar num orfanato e que fora adotado por um casal cujo pai adotivo era oficial piloto de avião da Aeronáutica. Que ao ir para a reserva, o pai adotivo conseguiu um emprego numa empresa de aviação civil no norte do país onde se estabeleceu e ficou muito rico trabalhando no transporte de

23

LUIZ GONZAGA DE ALMEIDA

ricos fazendeiros e empresários do ramo de manufaturados, além de fazer dedetização em algumas plantações.

Continua Getúlio com o seu relato. Contou que o pai adotivo construiu um grande hotel de alta classe numa região turística onde a frequência era de estrangeiros muito ricos. Que ele, Getúlio, aprendeu a falar inglês, francês, alemão e italiano só na convivência com os turistas e que também ganhou muito dinheiro como intérprete e guia turístico na cidade.

Abajeru morrendo de curiosidade então pergunta a Getúlio:

— Mas, por que você está aqui então?

E Getúlio então explica:

— Quando meus pais me adotaram, eu tinha três anos. Minha mãe adotiva não conseguia engravidar, então me adotaram.

É bom esclarecer que durante a narrativa Getúlio dá uma verdadeira aula à Abajeru, explica o que é a Aeronáutica, o que é aviação militar e aviação civil, o que era adoção, o que era turismo, turista, línguas estrangeiras e tudo mais que ele percebia que o índio não estava entendendo, mas teve que interromper porque fora chamado pelo médico para os exames.

Getúlio entra no consultório e leva um tremendo susto. O tal médico, parecia um porco gordo. Era enorme, barba por fazer, óculos caindo sobre o nariz que parecia que escorria o tempo todo e ele limpava com a mão. Sobre a mesa à sua frente havia uma garrafa de uísque e um copo pela metade da bebida e no jaleco, na barra do bolso, escrito em bordado "Veterinário".

Mas a consulta transcorreu naturalmente com algumas perguntas básicas como, doença na família, se havia tido algum tipo de doença transmissível, ausculação no tórax e nas costas e por última, coleta de sangue para ser examinado apenas para se certificar que não possuía alguma doença transmissível, como a sífilis, que era muito comum nas pessoas muito pobres e entre índios daquela região. No final disse pode ir e mande o outro entrar.

Abajeru foi o último, mas não demorou muito porque ele não respondia as perguntas que o suposto médico fazia e deu muito trabalho na hora de furar a veia para colher o sangue. Foi preciso chamar dois capangas para ajudar o médico na coleta.

Terminada a seção de exames os rapazes seguiram e foram conduzidos a um barracão lotado de barris e o cheiro forte de aguardente recendia. Foram orientados a encher alguns garrafões com a cachaça que estava acondicionada em barris de madeira e os outros dois índios que não falavam, mas bebiam muito, se fartaram a ponto de serem carregados às escondidas para o alojamento por Getúlio e Abajeru, pois se fossem vistos embriagados seriam castigados.

Pronto para dormir, antes Getúlio debruça a cabeça para baixo e continua a narrar à história que havia iniciado no consultório improvisado.

Diz ele então:

— Três anos depois que mudamos para o norte minha mãe adotiva engravidou e depois de nove meses eu tinha um irmão branquinho e de cabelos amarelinhos como uma réstia de sol. Nós brincávamos muito. Eu passeava com ele no carrinho de bebê, carregava nas costas como se eu fosse um cavalinho. Quando ele estava maiorzinho fui eu quem o ensinou a jogar bola, a andar de bicicleta e sempre tinha um tempinho para o meu pequeno irmão postiço. Levou apenas dois anos e minha mãe adotiva estava novamente grávida e nove meses após tinha mais um irmãozinho para preencher nossas vidas.

Getúlio narra esses pontos todos com lágrimas nos olhos. De repente percebe que o índio que se tornava amigo, já estava adormecido e ele então se acomoda para dormir também e se preparar para a luta do dia seguinte.

A noite é longa para os que acabavam de chegar e não sabiam o que iriam ter que enfrentar, mas sabiam que o que fosse seria difícil, humilhante e dolorido. As mostras de sofrimentos que os que ali estavam a mais tempo demonstravam nas feridas pelo corpo, cabeça, pés, braços e pernas, deixava claro o que os novos que não tinham ainda prática com aquela realidade sofreriam ao iniciar o novo dia.

Alguns muito religiosos se apegam então às orações e preces a Deus e os demais acabam acompanhando. Abajeru, que já estava dormindo, acorda e mesmo não entendendo muito fecha os olhos e se concentra num pedido ao "Ser" que está sendo invocado naquele momento.

"Não importa saber se a gente acredita em Deus: o importante é saber se Deus acredita na gente...".

Mario Quintana

De manhã, bem cedinho, os capatazes passam nos alojamentos fazendo grande alarde para acordar os que iriam para a lida na lavoura. Os homens levantam e são imediatamente levados ao refeitório onde é servido café amargo e rapadura. Eles tomam uma caneca de café enquanto mastigam a rapadura e em seguida vão para buscar suas cortadeiras e são conduzidos ao canavial onde cortarão cana até o final do dia.

O trabalho é cansativo e doloroso principalmente para Abajeru que não estava habituado a essa prática e a cortadeira pesada o tempo todo esbarra em partes do corpo que fere e sangra doloridamente, mas se param ao se ferirem, é o chicote dos capatazes que causarão ferimentos como fora avisado anteriormente.

A manhã vai seguindo, a lida sendo executada e aos poucos os mais novos vão se adaptando ao uso da ferramenta e o serviço passa a render mais e os acidentes diminuem. Logo surge uma caminhonete e um capataz grita:

— Hora da boia... 15 minutos para o almoço.

Alguns soltam o corpo se jogando ao chão dado o extremo cansaço, outros correm em direção ao automóvel para apanhar sua marmita cujo cardápio era macarrão, arroz, chuchu refogado e mandioca cozida, mas era o suficiente para saciar a fome que já durava um bom tempo, pois a última refeição só aconteceu há umas quatro horas antes.

Mas, mal terminam de engolir a última colherada ouvem a voz de comando do capataz ordenando a volta ao trabalho. Os novatos se assustam ao ver que um índio que ainda não havia terminado de comer, insiste em concluir, mas o capataz se aproxima e dá-lhe três ou quatro lambadas com um chicote de triplas tiras de couro cortando o tecido da roupa e a pele do rapaz. O sangue escorre sobre o tecido e o capataz se vira aos novatos e grita:

— Essa é uma das regras de que o patrão avisou que vocês conheceriam com o tempo!

Os dias de muito trabalho vão se seguindo e a cada noite o descanso é menor em razão dos dias ficarem mais longos e o tempo de descanso diminuía mais e mais pelo encurtar das noites. Mas ainda sobrava tempo para o negro Getúlio contar parte da história que ele iniciou quando chegaram.

Segue então Getúlio nas suas narrativas:

— Quando nasceu meu segundo irmão postiço, meu pai adotivo preparou o testamento dos seus bens nomeando, como manda a lei, sua esposa herdeira da metade e a outra ele distribuiu entre os filhos e me incluiu como um dos herdeiros por ele ter muita afeição e consideração por mim. A esposa dele concordou plenamente com sua decisão visto que eu colaborei com o crescimento dos bens da família com o meu trabalho.

O tempo passando, as crianças crescendo, eu já com quinze para dezesseis anos quando meu pai adotivo vem a falecer em função de um câncer de próstata que ele carregou por muitos anos, mas os recursos para tratamento onde vivíamos eram precários ele tinha que viajar mais de três mil quilômetros para fazer um tratamento adequado. Sendo assim foi ficando cansado das viagens e deixou de tratar, teve outros órgãos tomados e não resistiu.

Foi muito triste para toda a família e para os amigos a perda do conceituado coronel que tinha muitos amigos e que tratava todos com muita simpatia e dignidade. Ele, sempre que estávamos juntos, se declarava meu pai e fazia questão de que todos considerassem assim. Eu sempre fui muito bem tratado e considerado não só por ele como também pela minha mãe adotiva. A partir do falecimento de meu pai, eu que já tinha mais maturidade e experiência no ramo de hotelaria, tive de assumir parte do controle do hotel para ajudar minha mãe.

Passaram-se cinco anos da morte do meu pai adotivo e os meninos crescendo passam a frequentar uma escola cuja clientela, na sua maioria, é filho ou neto de pessoas conceituadas e até poderosas na região. Então, eu levava os meninos à escola e ia buscar no final da aula no nosso carro. Um dia um menino anunciou aos meus irmãos:

— Seu motorista já está esperando vocês.

Um deles inocentemente também falou em voz alta:

— Ele não é nosso motorista. Ele é nosso irmão.

A partir desse fato, os outros alunos passaram a evitar os meninos e a fazer todo tipo de provocações e gozações com os meus irmãos postiços. Perguntavam se nosso pai havia me encontrado num saco de carvão, se eu tinha nascido de noite e eles de dia, mas, ainda assim, eram coisas chatas, mas que não ofendiam tanto.

Até que outros alunos maiores e mais maliciosos ficaram sabendo e começaram a perguntar se o nosso pai não era suficiente para a nossa mãe que ela precisou procurar um negão para satisfazê-la e outras piadas muito ofensivas e maldosas. Com esse fato, conversei com minha mãe e concordamos que eu deveria me afastar da escola e ela se prontificou em providenciar um motorista para transportar os meninos.

Mas, na cabeça dos irmãos, isso foi crescendo como uma bola de neve e eles começaram a se incomodar com a situação. Passaram a fazer perguntas e questionamentos com a mãe, muito embora isso já houvesse sido conversado logo que eles já entendiam uma explicação.

Isso passou a incomodar muito aos dois que passaram a me rejeitar e a serem ríspidos comigo. Até que um dia eu decidi ir morar num apartamento no hotel da família e me distanciar de minha mãe adotiva e dos irmãos postiços, pois os dois já não me aceitavam mais como irmão.

A vida seguiu, eu continuei morando e trabalhando no hotel, mas minha mãe incomodada com meu afastamento da família resolveu transferir para meu nome parte da herança que pertencia a ela.

Eu conheci uma garota muito bonita e passamos a namorar. Logo que minha mãe adotiva soube do meu namoro, promoveu um jantar onde ela convidou alguns amigos para que ela apresentasse Janaína, minha namorada.

O jantar transcorreu naturalmente apesar dos meus irmãos só participarem do início e alegando cansaço se recolheram aos seus quartos. Assim que os convidados estavam se retirando eu fui para a parte superior da casa onde estavam os quartos para me despedir dos meus irmãos.

Ao me aproximar de um dos quartos percebi que estavam os dois reunidos e conversavam. Um deles, o mais velho, falava muito revoltado e ouvi quando disse:

— Maldito negro, vagabundo! Ele que não pense que vai roubar nossos bens. Eu acabo com ele.

E o outro então questiona o irmão:

— Mas, como que você vai acabar com ele se você não mata nem uma barata?

E o mais velho responde:

— Eu não acabo, mas arrumo quem vai acabar. Deixe comigo.

Então eu bati à porta, abri, pedi licença e entrei. Eles nem sequer me olharam, mas, mesmo assim, eu perguntei se estavam tendo algum problema, pois eles não ficaram no jantar nem falaram com a Janaina.

E o mais velho e mais revoltado responde:

— Por que eu teria que falar com ela? Ela não é nada minha e nem você.

E então questionei:

— O que eu fiz para vocês estarem com tanta raiva de mim.

Aí o mais novo se manifestou exclamando:

— Porque você está nos roubando!

E eu tentei explicar:

— Mas, como que estou roubando? Todo dinheiro que eu consigo é do meu trabalho como intérprete ou de guia. Eu não retiro um tostão do hotel.

E o mais velho retruca:

— Mas nós não estamos falando só do hotel. Estamos falando de todos os bens da nossa família que a mamãe passou para o seu nome. Nós procuramos o advogado do hotel e ele nos contou tudo. Inclusive nos disse que se quiser você pode mover uma ação na justiça e conseguir uma parte maior que a nossa pelo tempo que você trabalha no hotel.

E eu tento amenizar:

— Bom! Isso são questões jurídicas e de direito que eu também não vou discutir com vocês por nenhum de nós entendermos bulhufas. Mas, posso garantir a vocês que o que é de vocês está garantido e nada do que não é meu por direito eu vou obter. Agora vou indo, tenho que levar Janaina para a casa dela. Boa noite.

Deixei Janaina na casa dela, mas o namoro não perdurou em razão desses problemas. Ela se sentiu rejeitada e alguns dias depois pediu um tempo e nunca mais nos vimos.

Voltando à fazenda, dessa vez é Getúlio que está quase dormindo enquanto relata. Diz que vai dormir e vira para o canto da parede e em pouco tempo encontra-se roncando.

O dia amanhece e recomeça a preparação para um longo trabalho. São acordados da forma costumeira pelos capatazes e levados para o refeitório para o desjejum tradicional. Café e rapadura. O trabalho é cada dia mais pesado e mais cansativo. As atividades aumentam à medida que o contingente diminui por baixa de saúde, por morte natural ou por tentativa de fuga, e os que permanecem têm que cobrir a falta dos que saíram e pelo tempo necessário para a conclusão das tarefas que também aumentam. Se entrar pela noite tem de continuar até concluir.

Já passa das oito da noite quando encerram as atividades. Os trabalhadores retornam aos alojamentos, procuram no refeitório por uma janta que lhes mate a fome, depois alguns procuram o chuveiro para, pelo menos, se lavarem. Banho mesmo não é possível, por ter de pagar por ele. E vão procurar se acomodarem para descansar.

E é nessa noite que Getúlio decide que vai concluir o relato da sua história que contava para Abajeru, mas os vizinhos de beliche que se sentiram curiosos também ouvindo grande parte estavam na expectativa do reinicio.

Conta então Getúlio.

A mãe adotiva desde que os filhos legítimos começaram a briga pela herança, entrou em depressão e teve um agravamento nos problemas cardíacos que ela vinha controlando com tratamento, mas assim que começaram os desentendimentos o problema se agravou e acabou por sofrer um AVC e não resistindo veio a falecer.

Os irmãos logo que o fato se deu, trataram de resolver na justiça uma maneira de suspender os testamentos que beneficiavam Getúlio impedindo que ele

LUIZ GONZAGA DE ALMEIDA

tivesse direito a qualquer parte da herança. Não conseguindo que o advogado da empresa, que era muito sério e muito honesto no trabalho, criasse um processo de deserdação do irmão negro, ele foi demitido e Getúlio ficou sem apoio jurídico dentro da empresa e sem condições de demanda contra os irmãos postiços.

Numa tarde, o irmão mais velho auxiliado por um marginal do tráfico de drogas, provoca um incêndio no apartamento em que morava Getúlio. É queimada toda a mobília, pertences e todos os documentos pessoais do negro que só escapa com vida por conseguir quebrar uma janela e fugir pelos fundos sem que o vissem.

Quando Getúlio alcança as ruas, ele inicia uma caminhada sem rumo. Após alguns quarteirões, se depara com o advogado que fora demitido pelos irmãos dele que o alerta para que fuja o quanto antes, porque estava tudo preparado para que se fosse encontrado, dariam um sumiço nele.

Então Getúlio conclui:

— E isso explica como cheguei aqui. Estava eu perdido, sem saber de onde vinha nem para onde ia quando três homens me convidaram para tomar uma bebida, como não tomo bebida alcoólica eu aceitei um refrigerante que me deram batizado, apaguei, e o resto vocês já sabem.

A conclusão da história de Getúlio deixa os vizinhos de quarto quase que as lágrimas pela semelhança com as de muitos deles, mas a noite é curta e precisam dormir.

Amanhece outro dia e a lida vai começar. A rotina é sempre um café com rapadura e caminho da roça cortar e carregar fardos de cana que ao fim do dia cada um parece pesar uns trezentos quilos. Amanheceu pronto para chuva. Relâmpagos triscavam o céu e trovões faziam a terra vibrar. Os capatazes surgem com uma porção de capas e mandam que cada um pegue a sua, mas recomendam que nada aconteça a elas ou o patrão vai matar todo mundo. Pela vontade do patrão os homens tinham que sair na chuva sem capa.

Os homens são distribuídos por quadra no canavial. O céu ainda cinzento permitia que pouco se enxergasse e Getúlio ao tentar pular sobre uma vala cheia de água, enfia a perna num buraco talvez de marmota e uma lasca pontiaguda de cana presa à raiz rasga um corte enorme na sua panturrilha (batata da perna). O negro ensanguentado grita como um porco grunhindo quando está sendo sangrado para ser comido nas festas de fim de ano.

A chuva continua intensa e os capatazes com medo de que outro acidente aconteça resolvem então levar todos de volta e Getúlio ainda gemendo vai para o alojamento, mas passa a ter vertigens e febre alta.

UM CURUMIM EM BUSCA DE DEUS

Passado quase uma hora, a chuva amainou, o tempo melhorou e Abajeru comovido com a situação do amigo pede aos capatazes para ajudá-lo. Ele é autorizado uma vez que o "médico" não se encontrava e que com aquele tempo nem apareceria. Então Abajeru volta para o canavial se desloca para um pequeno matagal que havia próximo aos limites da fazenda, leva dez ou doze minutos e retorna com um maço de folhas na mão, ao chegar ao alojamento solicita do capataz chefe autorização para usar a cozinha do refeitório, e ele permite.

Abajeru acende o fogão de lenha, procura uma panela, coloca água mistura as folhas e tampa. Em seguida ele procura na despensa e encontra uma vasilha contendo fubá, vira um pouco da farinha na panela e tampa. Volta ao alojamento carregando uma bacia com água e um sabão, lava o corte na perna de Getúlio.

De repente surge a cozinheira e fala:

— João, a água da panela está secando.

E o índio responde:

— Não tem importância.

E a mulher:

— Está virando uma polenta.

E o índio:

— Quando secar você traz para mim.

Não demorou muito a cozinheira chega com a panela saindo fumaça do seu interior.

O índio Abajeru pede ao outro índio que segure a perna do Getúlio, rasga um trapo de limpar chão em dois pedaços, forra a perna do negro contornando o corte, apanha uma quantidade daquele emplastro e tampa o buraco que havia na perna do amigo. O capataz chefe já se encontrava no local e já tinha na mão um rolo de atadura de crepe que o índio enrolou e isolou o ferimento do negro Getúlio que tremia e gritava enquanto ardia de febre. Em seguida Abajeru apanha uma quantidade daquele emplastro e coloca na boca do enfermo e fecha, o negro aos poucos vai se acalmando, fecha os olhos e sem muita demora está dormindo como se nada houvesse acontecido.

O temporal já havia passado, mas a chuva fina e constante permanecia e para evitar qualquer contratempo o chefe dos capatazes envia os homens para o alambique para engarrafar a cachaça, mas tem de enviar os demais capatazes para fiscalizar o trabalho e não deixar os beberrões entornarem e se embriagarem, mas permite que Abajeru permaneça no alojamento fazendo companhia para o negro Getúlio que se convalescia do acidente.

LUIZ GONZAGA DE ALMEIDA

No dia seguinte logo que levantam para o trabalho, aqueles que já tinham sentimento de amizade pelo negro ferido, vão fazer-lhe uma visita antes de seguirem para a lida. Nisso surge um questionamento. Será que o curativo do índio daria certo? Nisso ele que voltava do café, ouve o questionamento, então levanta uma perna da calça e mostra uma cicatriz que mais parecia um risco de ponta de lápis bem fina e diz:

— É uma unhada de um tamanduá, chorei duas noites, mas com esse mesmo curativo, na terceira já não sentia mais nada e em duas luas (semanas), só tinha essa lista.

Getúlio era um homem muito forte e sacudido como diziam os antigos e muito piedoso, por isso sentia muita compaixão dos colegas. Sempre acabava sua tarefa na frente dos outros e ajudava os demais a concluir as deles que podiam diminuir o ritmo, mas nunca podiam parar ou um capataz já o incumbia de outra que tinha de concluir novamente. Isso fazia com que os homens tivessem muita preocupação com a saúde do negro, também pela boa pessoa que ele era.

"O homem é assim o árbitro constante de sua própria sorte. Ele pode aliviar o seu suplício ou prolongá-lo indefinidamente. Sua felicidade ou sua desgraça dependem da sua vontade de fazer o bem."

Allan Kardec.

Abajeru passou a ser procurado por todos os trabalhadores quando tinham um mal estar qualquer, inclusive os capatazes quando sentia algo dolorido e o índio sempre tinha uma solução para todos.

Passada uma semana Abajeru decide retirar o emplastro que cobria o corte na perna do Getúlio que já dizia não sentir dores nem febre. Cria-se uma expectativa enorme entre todos na fazenda. Então o índio traz uma bacia com água quente e uma toalha que ele molha e vai soltando, primeiro o tecido da gaze, depois vai esfarelando a camada amarelada que cobre a ferida onde surge uma pele fina e bem avermelhada. Isso é motivo de muita vibração, bênçãos e até emoção em alguns como no próprio Getúlio.

Mais duas semanas se passaram e a vida difícil continuava. Apenas a Abajeru que volta e meia era chamado para atender alguém com algum problema, era permitido deixar o trabalho pesado. Numa tarde escutaram alguns gritos e chamamentos. Todos correm na direção dos que estão próximo do acontecido e dá para ver que alguém está deitado se batendo e com muita espuma na boca e alguém já grita:

UM CURUMIM EM BUSCA DE DEUS

— Já matei. É um Urutu!

Um dos capatazes já ameaçava sacrificar o homem com o revólver, pois o que sabiam é que picada de urutu se não matasse provocava uma ferida incurável que caminhava pelo corpo e iam causando a falência dos órgãos pelos quais a ferida atingia como um câncer.

"A morte é um processo subsequente à vida, portanto, é melhor morrer que estar morto em vida." LGA.

Esse é o conceito daqueles que defendem a eutanásia. Mas há os que pensam em contrário.

"Enquanto há vida, há esperança."

Nisso chega Abajeru, impede o capataz de atirar e pede a alguém um pedaço de fumo que logo aparece, mas já em formato de cigarro, pois já estava picado. Abajeru retira a palha do cigarro atira o fumo picado na boca mastiga e chupa a mordida da cobra cuspindo em seguida. Repete o movimento, pede uma corda que amarra na perna picada do homem.

Levanta, vai a correria na direção do matagal, retorna com algumas folhas na mão que coloca na boca mastiga e cospe uma gosma sobre a ferida. Enfia uma porção de folhas maceradas na boca do homem e manda-o mastigar. Depois pede para trazerem a maca e o transportam para o alojamento. No caminho o ferido tem alguns acessos e balança a perna enquanto um sangue pisado verte da ferida.

Exclama o índio:

— É o veneno saindo.

O tratamento aplicado pelo índio deve ter sido com algum produto da planta usada que fortalecem os anticorpos e expulsam o veneno do corpo da pessoa.

Mais um ato heroico do índio Abajeru que é comemorado, apesar dele falar que precisam ser aguardados dez dias para ter certeza do efeito do tratamento. Mas passam os dias previstos e o homem picado de cobra já está pronto para retornar ao trabalho.

Esses fatos tornam o índio Abajeru muito popular e os colegas passam a respeitá-lo como se fosse não só um curandeiro, mas um curandeiro herói, e o respeito são estendidos também aos capatazes que usufruem também do conhecimento do índio sempre que necessitam até mesmo para outros membros da família, pois o poder de diagnóstico de uma doença só pela descrição dos sintomas deixaria qualquer médico de queixo caído.

"Moisés não liderou apenas por ter sido executor daquilo que Deus houvera ordenado, contudo, deve ser admirado pela graça que o tornava digno de conversar com o Senhor."

Maquiavel (O Príncipe)

Passaram-se alguns anos onde o trabalho cada vez aumentava mais e mais e vez ou outra, outros escravos eram trazidos para os serviços e crescia tanto a produção de cana quanto a de aguardente.

Numa manhã, o Patrão chega à colônia e solicita a presença de Getúlio na sede da fazenda. Todos estranham e comentam entre eles. O que acontece? Porque não era prática essa atitude, ele nunca falava com nenhum dos "colaboradores" em particular.

E então o Patrão começa a falar com Getúlio.

Primeiro ele mostra um jornal a Getúlio e pergunta:

— Você sabe ler?

E Getúlio meneia positivamente a cabeça.

— Então leia. Diz o Patrão entregando o jornal ao negro.

Getúlio inicia a leitura de uma manchete na primeira página que noticia a prisão de uma quadrilha de traficantes de armas, drogas e crianças indígenas na região da cidade onde ele morou.

Seguindo a leitura Getúlio identifica o nome do irmão mais velho como participante da quadrilha e que estaria sendo levado para um presídio na capital do estado onde seria julgado, mas a previsão de pena pelos três crimes, além da suspeita de três assassinatos era de mais de vinte anos de prisão.

O irmão de Getúlio fora obrigado a participar das atividades criminosas pelo bandido que o ajudou a pôr fogo no apartamento. Obrigava-o a praticar todo tipo de ilegalidades, e se ele negasse a cumprir seria denunciado pelo incêndio.

Getúlio se assusta, tem um tremor nas pernas, pois ainda mantinha muito carinho para com os irmãos apesar do que eles fizeram, mas segue lendo. Mas não foi isso que chamou a atenção e preocupou o patrão, mas o que vem a seguir.

Terminado o texto da notícia das prisões, logo abaixo aparece uma coluna de procura onde tem estampada uma foto de Getúlio e o irmão mais novo procura o seu paradeiro e pede a quem souber dele que leve a informação que será muito bem recompensado. Pede também ao irmão (é assim que ele escreve) que ele retorne que será acolhido da melhor forma possível onde ele poderá tomar posse de tudo o que lhe pertence por direito. Cita que a última notícia que tinha dele é de fora visto sendo carregado aparentemente bêbado por alguns homens que recrutam pessoas para o trabalho escravo.

"Para conhecermos os amigos é necessário passar pelo sucesso e pela desgraça. No sucesso, verificamos a quantidade e, na desgraça, a qualidade."
Confúcio.

Assim que Getúlio desvia os olhos do jornal, o Patrão se levanta e diz:

— Conhecendo sua inteligência, eu não posso arriscar em soltá-lo por aí que eu sei que em no máximo dois dias isso aqui estará cheio de gente do Ministério do Trabalho e da Polícia Federal, pois sei que você vai me denunciar.

E o negro olha fixo nos olhos do fazendeiro e exclama:

— Vou mesmo! Faça o que quiser comigo ou será o senhor quem vai responder na justiça pelos seus atos infames.

— Seu negro porco, sujo, vagabundo. Vou acabar com a sua raça.

Enquanto ele ouve os xingamentos olha sobre a mesa e vê o molho de chaves onde está a chave da caminhonete do Patrão. O Patrão se vira para pegar alguma coisa o negro apanha o chaveiro e corre em direção à caminhonete, mas o Patrão já idoso e com roupas extravagantes não consegue acompanhá-lo. Getúlio dá partida no automóvel e foge.

O caminhão que transportava os produtos da colônia estava em manutenção e o mecânico com o motor aberto não teve como colocá-lo para funcionar. Alguns dos trabalhadores liderados por Abajeru estacionaram dois tratores encostados na frente e na traseira da caminhonete que serviam aos capatazes e não puderam ir ao encalço de Getúlio nem tiveram tempo de fugir.

Os escravos também liderados pelo índio Abajeru se revoltam, invadem a casa da fazenda e retiram algumas armas de fogo que estavam por ali e se entrincheiram na porta da sede onde Patrão e capatazes aguardavam que o mecânico fechasse o motor do caminhão. Enquanto isso outros capatazes tentavam ligação direta nos tratores para liberarem a caminhonete, pois as chaves se encontravam em poder dos revoltosos.

LUIZ GONZAGA DE ALMEIDA

Getúlio segue na sua fuga e depois de pouco mais de meia hora de viagem chega a uma cidadezinha em que procura um carro que tivesse uma antena de rádio comunicador para fazer um comunicado, que por ali era muito comum, pois era o único meio de comunicação garantido.

Passa por uma pousada e vê que na sacada existe uma antena de rádio. Ele para o carro entra e pede para fazer uma transmissão. A recepcionista pede que ele espere e vai chamar o patrão.

Vem o dono da pousada, o negro conversa com ele, mostra uma frequência de rádio no anúncio que era do irmão e pede para se comunicar. O homem sintoniza, mas quando Getúlio inicia uma conversa com o irmão descrevendo algumas coisas e descrevendo o local, o dono da pousada desliga o rádio e pede ao negro que se retire, mas só com a sintonia o irmão detectou a frequência que passou para a Polícia Federal e em vinte minutos a fazenda estava sendo sobrevoada por helicópteros.

Os policiais pedem o rendimento por megafone e alguns minutos depois viaturas de Polícia Militar, Polícia Rodoviária e da Polícia Federal já estavam por toda a cercania da fazenda. Em seguida chega um helicóptero trazendo o irmão de Getúlio.

Getúlio, que havia voltado à fazenda guiando os policiais, vai cumprimentar o irmão que muito emocionado pedia perdão pelo que fizeram de mal a ele. Disse que o irmão mais velho o comandava mesmo naquilo que ele não concordava e chorou ao abraçar o irmão postiço.

Getúlio então tenta encontrar o índio Abajeru. Pergunta aos outros por ele, vai para o canavial chamando por João, Abajeru ou por Curandeiro como ele ficou conhecido nos últimos tempos. Mas não obtendo nenhuma resposta muito decepcionado entrou no helicóptero que transportava o irmão e seguiu viajem.

Segue a busca de Abajeru depois que ele foge da fazenda.

O índio segue sua caminhada na busca daquilo a que se dispôs encontrar. Parecia que ele fixara uma imagem na sua consciência e que dificilmente alguém o convenceria de voltar atrás na sua decisão de encontrar alguma coisa que ele mesmo não sabia o que era.

Apagou tudo que vira ou sentira nas suas aventuras e desventuras que ocorreram em toda longa caminhada. A falta de documentação e as dificuldades pelas quais ele passou na caminhada, não permitiam que se tivesse noção do tempo nem da idade de uma pessoa com características de indígenas, mas que já aprendera e se acostumara muito bem com as formas do homem branco. Pela sequência da nossa história ele deve estar com vinte e dois ou vinte e três anos.

Abajeru que já não era mais um curumim, mas um índio formado, na sua caminhada passa por cidades grandes com muita gente, comércio, carros etc. Numa delas, havia uma grande igreja que o índio classificou como a casa de Deus e ele resolveu ficar um tempo ali nessa cidade muito desenvolvida.

Ele se encantou com tudo da igreja, com as imagens, com a arquitetura, as cores da pintura e o tamanho que era maior que sua aldeia. Não tendo onde se abrigar passou então o índio Abajeru a dormir num banco da praça em frente à igreja onde ele acompanhava todo o movimento que ocorria por ali.

O rio naquela redondeza tinha muitas impurezas que não permitia que Abajeru tomasse banho ou lavasse sua roupa, nem podia pescar e as propriedades eram todas cercadas ou muradas que não havia como conseguir seus alimentos preferidos e ele já havia aprendido que se a terra está cercada é porque tem um dono e não se pode invadir. Ainda assim ele encontrou um córrego de água de mina, limpa, onde podia se lavar e lavar suas roupas e as estendia ali mesmo para secar, mas, mesmo assim, sempre era rejeitado pelas pessoas que por ele passavam.

Numa noite muito fria e chuviscosa, Abajeru se sentindo faminto e o corpo todo gelado, sai caminhando e encontra um movimento de pessoas que formavam uma fila. Ele percebeu que aquelas pessoas eram maltrapilhas, sem banho, cabelos e barbas compridas e a maioria descalça e com sinais de embriaguez. Muito próximo daquilo que ele vivia naquele momento, ele apenas não estava sujo e suas roupas estavam limpas.

Mas o índio se engaja aos que estavam formando a fila e quando vai chegando próximo a algumas pessoas bem-vestidas ele percebe que estão distribuindo além de comida, agasalhos. Ele permanece ali e quando chega a sua vez lhe dão um prato de sopa de arroz, legumes e uns pedaços de carne que a princípio exalava um cheiro que aguçava muito o apetite e enquanto come lembra-se do que comia na fazenda que não era nada parecido com aquele sabor.

Quando Abajeru está terminando sua refeição um homem chega sorridente e com voz muito serena cumprimenta-o e pregunta se está satisfeito o que o índio confirma com um aceno positivo com a cabeça e o homem recolhe o prato e a colher. Depois ele volta, pega o índio pelas mãos e o conduz à presença de uma moça bonita que o recebeu sorridente e pediu que ele se sentasse em uma cadeira. Em seguida vem outro homem com vários agasalhos nas mãos e oferece um para o rapaz e pede para ele ver se lhe serve.

LUIZ GONZAGA DE ALMEIDA

Ele experimenta vê que fica um pouco comprida, pois se tratava de um, sobretudo, que só são usados por europeus e americanos onde o frio é intenso, mas Abajeru fica satisfeito porque suas pernas estavam geladas e ele iria aquecê-las.

Antes de sair o homem do sorriso claro e espontâneo que o recebeu, se aproxima e o convida a retornar na noite seguinte, mas no mesmo momento pergunta:

— Onde você mora?

E o índio fica calado à sua maneira. Então o homem já com muita experiência naquela atividade pergunta, mas já sabendo a resposta:

— Você mora na rua, não é?

E ele confirma com a cabeça positivamente.

Então o homem apanha um cobertor entrega a Abajeru e diz:

— Hoje eu não tenho onde abrigá-lo, mas volte amanhã que se tiver um lugar eu te abrigo se não houver pelo menos a sopa você terá. E o índio passou a frequentar aquele lugar onde nunca faltava um prato de sopa e uma palavra de carinho ou uma orientação.

Numa manhã Abajeru dormia sobre o banco da praça. Deixou uma vasilha de alumínio sob o banco e quando ele acordou percebeu que havia uma quantidade de dinheiro na vasilha. Olhou em volta e não viu ninguém então ele juntou o dinheiro guardou e saiu para tomar café.

Na primeira padaria que encontro ele entrou, mas foi expulso pelo dono, foi para outra e aconteceu a mesma coisa. Então continuou andando quando de repente ele encontra o homem da sopa varrendo a porta de uma padaria.

Ele chegou o homem o reconheceu cumprimentou-o e mandou que ele entrasse. Pediu para ele se sentar numa banqueta próxima ao balcão e em seguida serviu-lhe uma xícara de café com leite e um pão com manteiga. Abajeru tomou o café comeu o pão e ofereceu o dinheiro ao homem que se recusou em receber e disse, é seu. O índio fala para o homem:

— Não é meu. Eu estava dormindo e quando acordei estava dentro da minha panela. Não tinha ninguém na praça.

O homem pede para contar, o índio entrega o dinheiro e vai correndo embora. Ele conta cento e trinta reais no maço de notas. À noite na hora da distribuição de sopas o dono da padaria levou o dinheiro para devolver ao rapaz, mas ele não compareceu e nunca mais voltou. Após vários dias sem a presença do índio, o homem comprou mantimentos para a sopa com o dinheiro que ele ali deixou.

UM CURUMIM EM BUSCA DE DEUS

Foram vários dias em que o índio permaneceu naquela praça, fosse dormindo no banco ou caminhando em busca do que comer ou beber, mas sem nunca pedir nada a ninguém. Muitas vezes alguém lhe oferecia algo para comer que ele aceitava de bom grado, mas nunca aceitava dinheiro de valor nenhum.

Um dia, logo após uma tarde de orações na igreja, veio uma menininha e lhe entregou uma nota de dez reais. Ele imediatamente recusou o dinheiro. A menina então foi para junto dos seus pais, mas em seguida voltou com um saquinho de pipoca que ele aceitou e disse para a menina:

— Você é um anjo!

Numa sexta-feira Santa, estava marcada uma encenação na igreja sobre a data. O nosso índio se antecipou e foi sentar no primeiro banco bem próximo ao altar. Homens e mulheres que preparavam o ambiente ao passar por ele olhavam-no com desprezo.

Assim que o público começou a chegar, chegaram também algumas pessoas bem-vestidas. Eram homens de paletós e gravatas e as mulheres com roupas de tecidos finos e joias pelo pescoço, orelhas, braços e dedos. Vem um homem também muito bem-vestido conduzindo essas pessoas. O homem se aproxima de Abajeru acompanhando os casais, e solicita do índio que ele se levante. Inocentemente o pobre rapaz pergunta ao homem:

— Você é Deus?

O homem muito irritado e achando que era deboche responde:

— Eu não sou Deus. Se eu fosse Deus você não teria nascido.

Chamou dois homens fortes e disse:

— Tirem-no daqui.

Em seguida ordena que alguém desinfete o lugar e acomoda as pessoas que ao que parecia eram autoridades.

"Nunca perca a fé na humanidade, pois ela é como o oceano. Só porque existem algumas gotas de água suja nele, não quer dizer que ele esteja sujo por completo."
Mahatma Gandhi

Abajeru sem entender direito o que estava acontecendo sai dali e ocupa um único lugar desocupado mais ao fundo da igreja. Ele se acomoda, mas não demora muito vem uma senhora trazendo consigo um homem com dificuldade em caminhar por alguns defeitos físicos. Abajeru imediatamente se levanta para o homem se sentar. A mulher passa a frente se senta e diz ao homem:

— Fique ai. Desocupando outro lugar você se senta.

Abajeru então se retira do interior da igreja sem reclamar, mas deixava entender que estava decepcionado e vai para o banco da praça que ele escolheu como sua cama.

Passado algum tempo as pessoas começam a deixar a igreja e se reúnem à porta para acompanhar a procissão. Durante o ato, Abajeru que se aproximou para acompanhar, se compadece do homem que supostamente está sendo castigado e pergunta a uma velhinha que está do seu lado chorando muito:

— Quem é ele?

E a velhinha também inocentemente responde:

— Ele é o filho de Deus.

O índio imediatamente invade a procissão e se aproxima do personagem que no seu pensamento era mesmo castigado e toma uma atitude de proteção.

As pessoas que assistiam fixaram a atenção achando que era parte da encenação, mas as que faziam parte do ato saíram correndo e formou-se um rebuliço. Nisso alguns policiais se aproximaram e retiraram o índio do cortejo e o atiraram na rua fora do percurso da procissão.

O ato religioso termina e Abajeru se aproxima de umas pessoas que permaneceram em frente à igreja e pergunta humildemente a um homem que ali se encontrava:

— Sabe onde eu posso encontrar o Deus dessa igreja? Eu queria falar com ele.

O homem se vira e empurra o índio contra um carro em movimento achando que era louco ou estava debochando dele. Por sorte o veículo seguia em baixa velocidade.

Abajeru cai e bate com a cabeça na guia da calçada e tem um corte com sangramento. O motorista desce do carro se aproxima do corpo do índio que estava sem sentido. Ele então olha para algumas pessoas que acompanhavam curiosos pede ajuda para colocar o acidentado no carro, mas todos se recusam e saem de perto.

O motorista então arrasta o corpo do rapaz ensanguentado põe-no dentro do carro e sai em grande velocidade. Logo que chega a um hospital estaciona o automóvel na entrada de emergência e um atendente imediatamente traz uma maca que transporta o acidentado para o interior do pronto socorro. Em seguida o atendente pergunta ao motorista até então desconhecido

UM CURUMIM EM BUSCA DE DEUS

— O que houve doutor?

E o agora já reconhecido médico responde:

— Eu o atropelei. Chame o Maurício.

Então, já vimos que o motorista era um médico e o Maurício a quem ele pediu que chamassem, era um médico ortopedista.

O índio é conduzido ao pronto socorro e no atendimento, após alguns exames de Raios-X e laboratoriais, foi diagnosticado apenas um corte grande no couro cabeludo e que bastava alguns pontos para a sutura, mas o mais impressionante é que nos exames não se constatou nenhum tipo de doença apesar da aparência de total falta de higiene e inanição (com falta de alimentação).

"Deus lhe deu essa vida, porque ele sabe que você é forte o suficiente para vivê-la."
Miley Cyrus (cantora e compositora norte-americana).

Abajeru é conduzido então a um quarto de enfermaria e ao amanhecer o dia o médico que o atropelou, se é que podemos dizer assim porque na verdade o índio atropelou o carro pela segunda vez na vida, foi visitá-lo e saber das suas condições. Notificaram-no de que estava tudo bem com o rapaz, mas que seria bom deixá-lo mais uns dois dias para ser alimentado e que depois ele sairia.

Mas, no dia seguinte ainda de madrugada, Abajeru é acordado por uma enfermeira e um rapaz alto e forte e dizem que ele iria ser transferido para outro hospital. Que eram ordens do médico que o atropelou e que era responsável pelos custos do tratamento do índio.

Ele é então conduzido a um ônibus que se encontra nos fundos do hospital e onde já se encontram várias pessoas aparentemente enfermas.

Logo que ele entra, senta-se ao lado de um homem bem-apresentado e apesar de estar escuro, percebe que seu vizinho de banco não era nenhum doente. A viagem segue e Abajeru ainda se convalescendo da pancada e sofrendo os efeitos dos medicamentos, encosta a cabeça e dorme muito profundamente.

Após longa viagem acontece um grande alvoroço com alguns passageiros e as mesmas pessoas do casal que acordou o índio Abajeru fazem movimentos que pareciam aplicar injeções naqueles que estavam fazendo o alvoroço. Logo vão se acalmando e em poucos minutos só se houve o barulho do motor do ônibus e o som do rádio do motorista tocando uma música de violeiros.

41

LUIZ GONZAGA DE ALMEIDA

Assim que o sol desponta no horizonte o casal que organizava tudo no ônibus, passa oferecendo um pão com manteiga e com uma garrafa térmica servem café aos passageiros.

O vizinho de banco do índio pergunta a ele:

— Pelo jeito você não sabe para onde está indo, não é?

O índio meneia a cabeça negativamente.

E o vizinho continua:

— Todas essas pessoas são deficientes físicos ou mentais que são abandonadas por seus familiares. Como eles não têm onde ficar serão levados para uma casa de abrigo desse tipo de doente que fica perto daqui. Lá eles serão tratados, se sarar volta para as ruas, senão morre por lá, mas a maioria só sai depois que morre.

Eu faço essa viagem duas vezes por mês para tratamento e pego uma carona com eles para economizar as passagens.

Continua narrando o vizinho de banco.

— Eles não têm nenhum compromisso em entregar todo mundo. O que eles precisam é se livrar do que é um incomodo. Eu já percebi que você não tem nenhuma doença, então, quando o ônibus parar e eles descerem, você sai daqui que ninguém vai se importar e nem te procurar.

E foi assim. Chegando a cidade perto de um prédio em que se lia na fachada "Casa de Repouso dos Filhos de Deus" todos os que os conduziam, inclusive o motorista, desceram do ônibus e a porta ficou aberta, tudo como o homem havia falado. Parecia planejado para que houvesse alguma fuga. Abajeru aproveita a deixa e sai devagar e cuidadosamente se distancia em busca de um lugar para se esconder. Mas, ao procurar abrigo se depara com um muro alto de onde se escuta muitos gemidos, gritos e lamentações vindos do seu interior.

O índio, na sua cabeça, faz relação daqueles filhos de Deus com o outro da procissão e apressadamente se afasta até chegar a um lugar que não tem ninguém por perto, apenas mato e muitas árvores onde ele escolheu uma para descansar à sua sombra. Antes, ele encontra umas goiabeiras com muitos frutos e alguns pés de mandiocas que parecem terem nascidas naturalmente.

Ele arranca algumas raízes, faz uma fogueira entre duas pedras e numa panela que sempre carrega consigo, coloca a água da garrafa que tem sempre à mão para cozimento enquanto saboreia alguns frutos da goiabeira para matar a fome que já é apertada.

UM CURUMIM EM BUSCA DE DEUS

Decide se ajeitar por ali, forra uma cama e dorme sono solto só acordando com os pássaros cantando ao seu redor nos galhos das árvores.

Come a mandioca cozida ainda quentinha que passou à noite no fogão improvisado, mastiga uma goiaba enquanto junta seus pertences na rede como se fosse uma mochila e segue caminho.

"Agradeço todas as dificuldades que enfrentei se não fosse por elas, eu não teria saído do lugar. As facilidades nos impedem de caminhar."

Chico Xavier

Logo o índio percebe que o fluxo de automóveis na estrada cresce provocando muita poeira e o barulho aumenta fazendo sumir o silêncio da madrugada. Sente então que está numa lavoura de cana e tenta se afastar com medo de ser escravizado novamente.

Como fora antes por duas vezes, ele quase é atropelado novamente, agora por uma caminhonete que entrava na fazenda. O motorista então para o automóvel desce, e vai investigar se está tudo bem com o homem e procura saber o que ele faz por ali.

O motorista aproxima-se do índio e pergunta:

— Está tudo bem com você? Demonstrando ser muito atencioso e cuidadoso.

O índio meneia a cabeça positivamente.

Aí o motorista continua.

— O que você faz por aqui? Está procurando emprego?

E Abajeru meio ressabiado responde que sim. Mais por falta do que dizer.

Então o motorista argumenta:

— Vamos lá falar com o patrão então. Aqui sempre precisa de cortador de cana. Você já cortou cana alguma vez?

E o índio responde:

— Muitos anos.

— Então vai ser bom para você! Exclama o motorista. Em seguida convida o índio para entrar no veículo e vai contando:

LUIZ GONZAGA DE ALMEIDA

— Aqui é muito bom para quem está acostumado. Tem comida boa, dormitório com chuveiro quente, atendimento médico se precisar e ainda ganha um bom salário para se divertir nas folgas. Além de ter uma cidadezinha aqui perto que oferece algumas atividades para quem quiser namorar, ir ao shopping, ou até tomar uma cervejinha e jogar um bilhar. É muito bom. Você vai gostar.

Essa narrativa deixa o índio com boa expectativa, mas desconfiado. Para quem sofreu com a escravidão por vários anos! Assustava um pouco. Mas ele seguiu esperançoso, se fosse ruim fugia outra vez, pensa.

"A dúvida é o princípio da sabedoria."

Aristóteles

Abajeru foi apresentado ao patrão que perguntou dos documentos que ele não os tinha, mas afirmou ser indígena. O patrão então perguntou se ele tinha onde morar o que ele respondeu negativamente, então o dono da plantação manda que o motorista o leve para a cidade e o apresente ao escritório para providências do registro e da carteira de trabalho para a legalização.

O escriturário vai com o índio a sede do órgão público que cuida dos indígenas e com alguns telefonemas conseguem se comunicar com a cidade da escola onde ele foi matriculado quando era ainda pequeno. Havia sim um registro provisório assinado por um juiz e através dele fez-se o registro apenas com o primeiro nome da mãe Acaiaca e do pai Abaeté e ele continuou com o nome de Abajeru, mas popularmente era João mesmo. Em seguida no escritório do Ministério do Trabalho é emitida a carteira de trabalho e a empresa oficializa um contrato.

Ele é reconduzido na caminhonete à fazenda do canavial e lá é recebido por um líder que fornece a ele perneiras e luvas de couro, botas de borracha, capacete de plástico, macacão com personalização da empresa e mais algumas vasilhas de uso pessoal como, caneca, prato, garfo e faca, tudo sem nenhuma ameaça de ter de pagar se estragar ou perder. Em seguida é encaminhado a um posto ali mesmo na fazenda, onde faz alguns exames médicos.

Antes do dia amanhecer é acionada uma sirene e todos os trabalhadores se dirigem ao galpão com os lavatórios para se lavarem antes do café.

O café é servido num outro galpão com mesas compridas e muitas cadeiras. Sobre as mesas encontram-se pães com manteiga, biscoitos doces e salgados, e numa mesa menor tem dois latões com torneiras um contendo leite quente e no outro café.

Sobre a mesa grande também havia uma lata de chocolate em pó. Farta mesa! Diferente do café amargo com rapadura de outrora.

Em seguida todos sobem na carroceria dos caminhões com bancos e coberto de lona e seguem para o canavial. Abajeru pergunta a um homem que está do seu lado onde fica o alambique, ao que o homem então esclarece que ali não produz cachaça. Ali é para a produção de álcool e açúcar.

Iniciam-se os trabalhos e os colegas e líderes se impressionam com a destreza e habilidade do índio na execução das atividades, tanto na rapidez no cortar, quanto no amarrar os fardos que ficavam bem firmes para o transporte.

Depois de algumas horas de trabalho os caminhões retornam e novamente é acionada a sirene e todos vão para o embarque. Seguem de volta à sede e lá se encaminham para o galpão da alimentação.

Novamente comida farta é apresentada com arroz, feijão, macarrão com molho, carne de porco acebolada, salada de alface com tomate e de sobremesa banana caramelada.

Terminam de comer o índio se dirige ao caminhão, mas os demais não estão por ali, todos estão nos alojamentos tirando uma sesta. Só depois do som da sirene é que seguem para o segundo tempo de lida do dia.

Para Abajeru acostumado com um trabalho muito mais pesado e rigoroso, aquele para ele é muito tranquilo. Já seus colegas reclamam bastante das condições de trabalho, dos salários, mas principalmente por ter de ficar toda a semana longe de casa e da família. Alguns só podem ir para a casa de cada quinze dias que é quando recebem. Isso não é nenhum incomodo para o índio que está desde os oito anos longe de casa, da família e nem sabe como estão ou se ainda estão vivos.

Quando chega o fim de semana alguns trabalhadores que ficam alojados na fazenda são escalados para trabalhos extras e dado à destreza e a disposição para o trabalho e em razão de não ter para onde ir, o índio é sempre convocado e com isso tem seu salário acrescido mês a mês. Mas isso provoca ciúmes e descontentamento nos demais trabalhadores.

"Aquilo que se faz por amor está sempre além do bem e do mal."
Friedrich Hengel

O motorista Joaquim que foi o primeiro a conhecer Abajeru e que o encaminhou para aquele emprego acabou construindo uma amizade muito forte com ele. Sendo assim, Joaquim percebendo que o clima de discordância dos demais contra a atuação do índio poderia ter um desfecho desagradável, pede aos encarregados que deem um refresco para o índio nos próximos fins de semana até as coisas acalmarem. Mas, a atuação dele acontecia de forma inocente e involuntária ao provocar insatisfação nos companheiros.

Joaquim assume uma posição de protetor e passa a convidá-lo para outras atividades fora da empresa para ocupar o tempo, desviar a atenção e amenizar o descontentamento que tomavam os demais trabalhadores. Até alguns da chefia que defendia direitos trabalhistas dos trabalhadores rurais num sindicato daquela região, estavam incomodados com a atuação do índio. Então Joaquim que era evangélico, passa a introduzir Abajeru no meio dos seguidores da sua igreja até conseguir levá-lo para um culto numa manhã de domingo.

Abajeru aceita o convite de Joaquim e o acompanha até a igreja. É uma atividade de poucas pessoas com orações, leituras de textos bíblicos que não fazem sentido para o índio, mas ele gosta do que assiste e ao saírem da igreja é perguntado por Joaquim se havia gostado ele confirma. Então Joaquim pergunta se ele deseja voltar outro dia e a resposta é sim. O ambiente no trabalho torna-se mais tranquilo com as ausências do índio nos trabalhos extraordinários.

Foi passando semanas, meses e muito próximo de completar um ano as dificuldades começaram a acontecer.

Numa segunda-feira, logo cedo, o patrão chama todos para uma reunião e comunica que recebeu uma encomenda muito grande de cana para uma usina e convoca os trabalhadores para serviços extraordinários para aumentar a produção. Isso só provocou burburinho entre os participantes. Em seguida iniciaram com uma sequência de vaias e sinais de negativo com as mãos.

Naquele momento um dos líderes pediu para falar e alegou que o pessoal não concordava e que a confirmar o fato, haveria uma paralisação. Então o patrão cita Abajeru como exemplo de trabalhador e acusa aos demais de preguiçosos.

Ameaça demitir os que participassem da paralisação. Foi o bastante para que todos se voltassem contra o índio. Passaram a agredi-lo verbalmente e alguns até o ameaçavam. Nessa hora Joaquim se aproxima de Abajeru e o desloca para outro local para evitar qualquer tentativa de agressão física.

O clima estoura quando o patrão declara que a reunião estava encerrada e que quem desejasse continuar empregado que voltasse ao trabalho e concordasse com o que foi determinado. Alguns mais revoltados continuam o protesto e se dirigem para fora da fazenda, outros se encaminham para o canavial para retornarem com o trabalho.

Parte dos trabalhadores retorna ao trabalho sem a presença dos revoltosos que insistem na paralisação e como foi prometido são convidados a comparecerem ao setor pessoal para acerto de contas.

O trabalho aumenta, pois, além do aumento da produção há a diminuição do contingente de trabalhadores e isso exige que os que permaneceram trabalhassem todos os dias sem folga para darem conta, até que novos interessados se apresentassem e fossem contratados.

"O cansaço físico, mesmo que suportado forçosamente, não prejudica o corpo, enquanto o conhecimento imposto à força não pode permanecer na alma muito tempo."

Platão

A semana é corrida e cansativa para todos no trabalho que funciona muitas horas por dia além do expediente normal. De dia eles cortam a cana e à noite preparam os fardos para envio ao comprador. Com isso os trabalhadores tinham de trabalhar no mínimo doze horas de segunda a sexta-feira e no sábado e no domingo, que normalmente não havia expediente, o período era de seis horas.

No domingo pela manhã Joaquim, o motorista, convida Abajeru para um culto que haveria à noite na igreja. O índio aceita o convite e um pouco antes do horário previsto ele já está pronto na espera do amigo que ficou de buscá-lo. Ao se aproximarem da igreja, o índio se assusta com a quantidade de pessoas que se dirigem ao templo e pergunta ao motorista:

— Por que tanta gente?

E Joaquim responde:

— Hoje vem um pastor muito famoso fazer a pregação e vai haver sessão de "desobsessão".

— O quê? Pergunta o índio.

E Joaquim então explica.

— É a retirada do demônio do corpo de algumas pessoas.

Abajeru fica assustado e pergunta:

— Mas pra onde vai o demônio?

Responde Joaquim:

— Sei lá. Vai pra outro lugar.

O índio não fica satisfeito com a explicação nem com o que iria ter de presenciar, mas se dirige à igreja para não decepcionar o amigo.

O culto se inicia com cânticos, orações e leitura de passagens da Bíblia. Em seguida um homem de terno e gravata tendo ao seu lado mulheres e homens vestidos de branco, chama a atenção dos presentes para sua pessoa e anuncia que vai iniciar a retirada de espíritos endemoniados. Aproximam-se então outras pessoas com atitudes que mais parecem os que estavam no ônibus ou por trás do muro que ele presenciou na "Casa de Repouso dos filhos de Deus" para onde ele foi levado e fugiu.

As pessoas são levadas individualmente à presença do homem de terno que carrega um microfone e vai dando ordens para que alguém saia daquele corpo que não lhe pertence e outras falas que deixam o índio indignado e assustado e pensa alto:

— Por que tem tantos demônios na casa de Deus?

Em seguida se vira e vai em direção à porta do templo tão apressado que Joaquim quando percebe sua ausência, já não dá mais para encontrá-lo nem nas imediações da igreja.

"Quem não pode encontrar um templo no coração jamais encontrará seu coração em qualquer templo."
Mikhail Naimy (pensador libanês)

No dia seguinte quando estão se dirigindo ao canavial, Abajeru percebe algo estranho na porta do escritório. Para e fixa melhor o olhar e da de cara com o antigo patrão da fazenda de escravos. Achando que ele estaria ali para buscá-lo ele retorna ao alojamento, junta tudo o que é dele e sai escondido para nunca mais voltar.

O antigo patrão estava ali oferecendo novos trabalhadores ao dono daquela fazenda onde naturalmente receberia uma comissão por empregado que ele admitisse, só que de forma lícita.

Ele conseguiu escapar da prisão salvo pelos empregados brancos que mantinha de forma legal e registrados que testemunharam em seu favor. Os demais que eram escravizados fugiram e não ficou nenhuma prova que o incriminasse.

O medo de nova experiência como escravo assustava muito ao índio Abajeru, mas, a experiência com "demônios" naquela igreja o confundira muito e ele saindo da igreja já se decidira em ir embora. Apenas procederia de maneira normal e digna com pedido de demissão e acerto de contas. Mas segue sem desistir do seu intento que é encontrar o que ele verdadeiramente pensa ser o Deus, que ele formalizou na sua mente e que é seu único e derradeiro objetivo.

Segue nosso índio os caminhos que mesmo não tendo noção de onde os levam, mas que o conduzem para regiões menos desconhecidas. A paisagem não é estranha, árvores mais extensas e mais folhosas, animais nativos de grande porte como a anta e a capivara que transitam tranquilamente entre um lado e outro da estrada que corta a mata dividindo-a e transformando-a em uma alameda longa e difícil de transpô-la, dando a impressão de que o mundo começa e termina ali.

O índio se farta com alimentos que no início da sua vida tinha por hábito se alimentar deles como; as raízes de mandioca, o inhame, a batata-doce, o cará, o milho e demais produtos que a natureza oferece e que fortalece o organismo dos que fazem uso habitual e constante.

Ele segue aqueles caminhos sem saber para onde iria, assim como no início quando deixou sua aldeia. Apenas que agora estava ele mais velho, mais experiente e principalmente preparado para enfrentar os sofrimentos que por ventura surgissem. Que as maldades do homem, hoje, já não provocariam tantas mudanças no seu comportamento e nos seus sentimentos.

"Embora ninguém possa voltar atrás e fazer um novo começo, qualquer um pode começar agora e fazer um novo fim".

Chico Xavier

Na sua caminhada segue pensando no quê e onde procurar o Deus que ele, galgando muitos caminhos retos ou tortuosos, buscava o quê não sabia como encontrar, se encontrará, ou até se já não O encontrou e não percebeu, por Ele não deixar ser percebido. Sentindo cansaço senta-se para descansar à sombra de uma árvore à beira da estrada.

O índio com todas as agruras pelas quais passou nesse longo período em que enfrentou indiferenças, solidão, desamor, preconceitos e outras manifestações humilhantes e desagradáveis, lembra também do carinho, amor, afeto, proteção e muitas outras, que fez com que ele percebesse as diferenças entre as pessoas, onde poucas ferem, mas muitas curam os ferimentos com demonstração de compreensão e dignidade.

O sono toma conta do índio e o faz sentir grande torpor que o envia para muito longe daquela realidade que ele vive naquele momento. Sonha com sua aldeia e nela ele se encontra num festejo de uma cerimônia onde seus pais estão sendo promovidos; sua mãe é a nova Cacique e seu pai o novo Pajé. São danças, oferendas, pedidos, tudo aos deuses da crença da tribo e que na fé que eles dedicam trazem conforto e felicidades.

É uma festa animada e que atrai índios de outras tribos que vão prestar homenagens aos novos eleitos. Ele tenta aproximação com os entes queridos, mas eles não o veem nem o ouvem. Mas, ao mesmo tempo ele tem visões que o afastam da realidade que ele pensa presenciar. Ao lado dos seus pais encontram-se vários índios, mas dois com aparência de vinte ou menos anos de idade. E sua estranheza se torna maior quando um deles chama de mãe a sua mãe.

Logo ele é trazido à realidade por um caminhão que surge ao longe fazendo muito barulho. Ele se senta sobre uma pedra e fica observando o veículo que se aproxima lentamente dado o peso que transporta. Quando se aproxima do índio o caminhão é estacionado à margem da estrada, o motorista desce da boleia e se dirige ao índio perguntando:

— Bom Norte é próximo daqui?

E Abajeru responde que não sabe.

O motorista então retorna ao interior do caminhão, mas antes pergunta ao índio:

— É perigoso dormir por aqui?

Responde Abajeru.

— Eu não sei, mas vou ficar aqui e se aparecer alguém eu acordo o senhor.

E o motorista então questiona:

— Você vai ficar por aqui até quando?

E o índio responde:

— Até que o senhor acorde.

E o motorista rindo quer saber:

— Pra onde você está indo?

E o índio responde com um tom zombeteiro:

— Pra Bom Norte. E ri.

Passadas umas duas horas o motorista desce novamente do caminhão e o índio está sentado no mesmo lugar e então pergunta:

— Você está mesmo indo pra Bom Norte sem nem saber onde fica?

E o índio responde:

— Não. Estou seguindo pra lá. Aonde eu chegar tá bom pra mim. Isso indicava que ele estava pedindo uma carona.

UM CURUMIM EM BUSCA DE DEUS

E o motorista ao convidá-lo para entrar no caminhão estica a mão para Abajeru e diz:

— Paulo.

E Abajeru cumprimentando o novo amigo, completa.

— João.

Depois de algumas horas de viagem chegam a uma cidadezinha. Paulo estaciona na porta de um barzinho bem acanhado onde estão algumas pessoas cada um com um copo de cerveja na mão e uma garrafa de cachaça sobre o balcão e batem um papo muito animado. Ele entra no bar, tira o boné de sobre a cabeça e pede uma cerveja. O atendente abre uma geladeira apresenta a garrafa a Paulo e explica:

— Não tá bem gelada. A energia acabou ontem à noite e só voltou hoje no início da tarde.

Paulo segura a garrafa e sente que não está é nada gelada, mas manda que a abra.

O atendente destampa a garrafa põe um copo sobre o balcão e o motorista enche o copo e sorve espantando a sede e a necessidade de uma dose de álcool que o satisfaça. Em seguida procura pelo índio, vai à porta do bar olha de um lado para o outro, mas como não enxerga ninguém, pensa que ele seguiu sozinho. Pergunta de um banheiro o rapaz aponta para o lado.

Ele vai desaguar e aliviar a bexiga e quando volta toma o resto da cerveja no gargalo da garrafa e pede para trazer outra com uma dose de cachaça. Logo que o atendente lhe traz o que pediu ele pergunta se tem algo para comer e o rapaz responde que tem frango frito ou costelinha de porco. Ele pede então uma porção de frango e outra de costelinha.

A noite vai chegando e o motorista já tomou umas quatro ou cinco garrafas e está terminando de comer o último pedaço que sobrou do frango. Pede mais cerveja que é atendido de imediato. Essa está um pouco mais gelada e ele continua bebendo já bastante tonto e falando enrolado.

Nisso os homens que já se encontravam por ali quando chegou iniciam uma discussão sobre futebol. Um fala que o seu time é o melhor, outro diz que melhor é o dele, outros dois rebatem cada um defendendo o seu e Paulo como fanático torcedor que é entra na conversa e fala:

— E dos times do meu estado vocês não falam?

Os homens não dão ouvidos e continuam falando cada um do seu time. Mas Paulo insiste:

LUIZ GONZAGA DE ALMEIDA

— Por que vocês só falam desses timinhos aí e não falam dos times do meu estado que são os melhores do mundo?

Os homens se irritam e um deles parte para cima do motorista bebum, mas o dono do bar e outro que participava da discussão interferem e impedem que o pau quebre. Quebre para o motorista porque bêbado como estava, ia apanhar como gente grande. Mal conseguia parar em pé!

O dono inicia o fechamento do bar quando Paulo pede a conta. Retira um maço de notas do bolso e atira sobre o balcão chamando a atenção dos que ali se encontravam. Ele paga a conta, guarda o dinheiro no bolso e se dirige ao banheiro.

Ao entrar no banheiro que era minúsculo, logo atrás vêm dois homens e enquanto um deles segura o motorista o outro procura o dinheiro nos seus bolsos. Nisso entra alguém e atinge um e depois o outro bem na cabeça com um porrete e os homens caem um por cima do outro enquanto Paulo é retirado do local e levado para o caminhão.

A noite já está terminando quando o motorista acorda sem saber de nada e ao abrir a porta do caminhão dá de cara com o índio e ai ele fala ao sumido:

— Poxa, ontem quase levaram o meu dinheiro e você nem estava aqui para me ajudar!

O índio retira o porrete debaixo do caminhão e diz:

— Não precisou de mim. Olha aqui o que te salvou!

O motorista novamente ri como sendo uma piada e convida o índio a subir no caminhão.

Eles seguem viagem e no percurso Paulo vai perguntando ao índio o que tinha acontecido no bar ele conta alguns detalhes e o motorista ri e exclama:

— Eu sempre apronto uma!

Percorrem longo caminho sem muita conversa. O motorista às vezes dá uma pescada, pois o sono já aperta aí o índio fala alguma coisa para alertá-lo.

De repente aparece uma placa, Bom Norte 5 km. Eles começam então uma conversa e Paulo pergunta:

— O que você vai fazer em Bom Norte?

E o índio responde:

— Nada. Eu não vou para lá.

E o motorista rindo muito também fala:

— Nem eu. É só uma referência. Lá eu tenho que desviar, para pegar outra estrada para ir ao meu destino. E você?

— Lugar nenhum, responde o índio.

E o motorista exclama:

— Então vamos para lugar nenhum! E gargalha.

Chegam a Bom Norte. Há um posto de combustíveis logo na entrada da cidade. Paulo estaciona o caminhão próximo a uma bomba de óleo Diesel e pede para abastecer. Abajeru desce e vai a procura de um banheiro, quando retorna senta-se numa pedra retira da rede em forma de bolsa alguma coisa e come. Era uma coxa de frango que ele trouxe lá do bar da briga e uma manga que apanhou numa mangueira na beira da estrada e guardou algumas na sacola improvisada. Abastecem, tiram uma soneca, e antes que amanheça seguem viajem com destino à Lugar Nenhum.

A viagem permanece longa e cansativa, como Abajeru é de muito pouca conversa ela fica também entediante. A estrada é esburacada e sem nenhuma sinalização. Vez ou outra eles precisam parar no meio dela para dar passagem a uma família de capivaras ou até para uma enorme sucuri que se arriscam em atravessar de um lado da mata para a outra. E segue lentamente até que surge uma placa de anúncio de um posto policial à frente. Quando alcançam o posto anunciado só encontram restos de uma antiga construção e a viagem continua.

Mais alguns quilômetros à frente encontram um carro de bois e seu condutor. Paulo para o caminhão e pergunta ao homem:

— Lugar Nenhum é longe daqui?

E o carreiro responde:

— É sim. É perto de Capital.

E o motorista então comenta:

— Eu vou para Capital mesmo. Lugar Nenhum é só a referência.

Na verdade Lugar Nenhum era apenas um desvio onde havia uma pequena rotatória e um estroncamento. Tinha uma estrada que levava a uma ribanceira, sem saída, por isso havia uma placa que orientava, "ESSA ESTRADA NÃO LEVA A LUGAR NENHUM". Por essa razão o lugar ficou conhecido como Lugar Nenhum.

Havia outra estrada quase que paralela a que seguiam que levava à Capital, então, diziam em tom de brincadeira a quem pedia informação de como chegar à Capital:

—"Você vai até Lugar Nenhum, quando chegar você volta" Que era para voltar pela outra estrada.

Lugar Nenhum ficou para trás e a viagem seguiu no sentido de Capital, cidade grande e bastante populosa em comparação a todas pelas quais o índio já havia passado.

Então, repentinamente Abajeru inicia uma conversa até assustando o motorista que passou horas e horas sem escutar sequer o som da voz e nem se lembrava do seu timbre.

E ele pergunta:

—Você conhece Deus?

E o motorista responde:

— Nunca O vi, nunca O ouvi. Só escutei falar. Sem querer parafrasear o sambista.

E ai o índio continua o diálogo:

— Já faz quase vinte anos que eu procuro por Ele.

— Vinte anos? Pergunta o motorista assustado.

— E não O achou até hoje? Então por que continuar procurando? Continua perguntando.

— Eu já fui a todos os lugares que me disseram que Ele estaria. Principalmente nas igrejas! Exclama o índio.

E o motorista então fala:

— Então é por isso. Eu só vou onde Ele nem passa perto. Nos bares, nos bordéis, se você não O encontrou na igreja não seria nesses lugares que eu O encontraria.

Então o índio comenta:

— Acho que vou parar. Se não encontrei até agora, talvez nunca vá encontrá-Lo. E se cala por longo tempo outra vez.

"O sábio nunca diz tudo que pensa, mas pensa sempre tudo o que diz."
Aristóteles

Segue a viagem por longo tempo e lá pelo meio da tarde Paulo dá uma acelerada para chegar ao destino antes que caia a noite. Logo percebem sinais de civilização ao longo da estrada que anuncia a aproximação de uma nova cidade. Percorrem mais alguns poucos quilômetros e encontram uma placa: Capital a um quilômetro.

O caminhão está carregado de barras de ferro para uma metalúrgica que Paulo tem de descarregar ainda antes do anoitecer. Se não for assim terá de dormir três noites na porta da metalúrgica, pois é sexta-feira. Sábado e domingo não tem descarga. Mas tem outro agravante. Onde encontrar chapa para descarregar? Ele então coloca o caminhão no pátio de descarga e diz ao índio que vai procurar alguém. Ele demora, pelo menos, duas horas sem conseguir.

Quando ele retorna, decepcionado, se aproxima do caminhão que já tinha mais da metade descarregado pelo índio. E ele feliz ajuda a terminar.

Logo em seguida o motorista vai procurar comida, pois a fome já apertava a muito durante toda a viagem. Paulo para o caminhão num posto de combustíveis procura a loja de conveniência. Para na porta e se vira na intensão de ver o índio, mas já não vê ninguém. Então entra, pede um café com leite e um pão com presunto e procura um lugar para sentar.

O motorista de fome saciada pede uma garrafa d'água toma e vai em direção ao caminhão. Para antes de entrar e olha para os lados, mas não vê mais o índio, então exclama:

— Maluco! Boa gente, mas maluco!

Abajeru não habituado aos costumes brancos de consumismo economizou tudo que ganhou cortando cana no último emprego. Assim, ainda tinha muito dinheiro guardado que ele nem sabia o que fazer com ele.

Passou por uma feira livre que funcionava em parte da noite, comprou algumas frutas, foi numa barraca de frios e comprou umas fatias de mortadela e na padaria comprou alguns pães. Depois se dirigiu a uma praça sentou-se num banco e comeu até matar a fome e em seguida foi explorar o lugar.

Caminhando pela praça deparou-se com um crucifixo enorme bem no meio dela e ficou observando. Ele já havia observado que em algumas igrejas esse símbolo fazia parte do contexto decorativo, mas não tinha noção do que representava.

A noite vai caindo e o índio começa a procurar algum lugar para se recolher, mas em todos os lugares por onde passa não vê onde possa se acomodar por ter muita gente circulando e povoando o local e embora tenha dinheiro, é difícil para ele sem saber conversar direito, conseguir se hospedar num hotel.

Ele então chega próximo de uma pequena casa onde tem uma placa, "CASA DAS MÁQUINAS" e um homem de macacão, capacete e botas de borracha que parecia que fazia limpeza do local. Ele então se aproxima daquele homem e pergunta se poderia dormir num cantinho ali. O homem dá de ombros como aprovando e sai.

O índio então se recolhe ao ambiente, forra o chão com a rede, deita-se e em poucos minutos dorme tranquilamente, pois há muito não dormia um sono sossegado.

LUIZ GONZAGA DE ALMEIDA

Fazia muito calor e o movimento de pessoas durou até perto da madrugada, mas o índio não é perturbado. Quando já está para amanhecer vem uma garoa refrescante, mas não incomoda o rapaz que está sob um beiral que dá para proteger.

Amanhece o dia e antes que comece o vai e vem de pessoas na praça ele se levanta, passa por um chafariz onde tem um tanque com um pouco d'água, lava o rosto e vai a busca de uma padaria para um desjejum. Encontra uma onde tinha um cheiro bom de café, ele se aproxima e pede café com leite e pão com manteiga é atendido, ele só estranha por não ser despojado do local como fora em outros.

Depois sai caminhando pela cidade e chega à feira livre onde esteve logo que chegou e onde viu uma banca que vendia mochilas. Ele se dirige a banca e é atendido por uma moça que apesar de desconfiada com a aparência do rapaz atende normalmente e ele escolhe uma mochila bem grande que cabia toda a sua tralha.

Vai a uma loja de roupas de tecidos Jeans e compra um macacão e um boné. Vai numa sapataria e compra uma botina tipo cowboy, calça e sai caminhando como se fosse outra pessoa, pelo menos nas vestimentas.

Caminha por alguns minutos pesquisando a cidade, vai observando a paisagem, se familiarizando com o ambiente e de repente para e começa a pensar.

Não demora muito o índio percebe que ali apesar de diferente não lhe é estranho. Na feira ele viu muitos índios vendendo artesanatos indígenas, e até uma comercialização de animais nativos, como papagaios, araras e outros de forma irregular, mas ele sente naquele ambiente que havia algo de familiar que ele não viu em outros por onde passou.

Procurou e encontrou na feira mesmo uma barraca que servia alguns tipos de comida típica local comprou uma porção e comeu. E assim dias e noites foram passando e Abajeru se ambientando ao local.

Numa tarde, quando o sol já se escondia, formou-se no céu uma nuvem negra mostrando que em breve teria chuva. Abajeru procurou um abrigo sob a marquise de um prédio enorme e na fachada havia um luminoso muito grande com a palavra "HOTEL DOS NAVEGANTES" que o deixou impressionado.

Ele espera a chuva iniciar e passar e em seguida se dirige à praça já pensando em se acomodar para dormir. Mas antes ele passa numa loja de variedades e compra um pacote de sacos plásticos, pois ele já estava imaginando que a chuva teria molhado a pequena calçada onde ele dormiu as noites anteriores.

Nosso personagem então ainda com o que comprou de manhã na feira faz um lanche e se prepara para dormir. À noite apesar do calor absurdo que fazia após ter chovido, estava estrelada e assim o índio tem novamente uma noite tranquila. Tão tranquila que dorme demais e quando acorda o movimento é muito grande e há próximo ao local uma concentração de pessoas que parecem insatisfeitas e até indignadas com alguma coisa que ele não entende.

Logo chegam alguns policiais que se aproximam já revistando o rapaz. Tomam-lhe a mochila e mandam que ele siga em direção de uma viatura.

Enquanto eles caminham ouve-se um grito:

— João.

Mas ninguém dá atenção até que outro grito ecoa:

— Abajeru.

Aí eles param porque alguém vem de encontro aos soldados que conduzem o índio.

Ficam todos com a atenção voltada para um negro vestido, de paletó e gravata que se aproxima do grupo e Abajeru reconhece o amigo Getúlio que diz aos policiais:

— Pode soltá-lo. Ele é meu amigo.

Mas, o sargento comandante da patrulha questiona:

— Tem certeza doutor? Ele é "só" um índio que estava dormindo na praça.

E Getúlio confirma:

— Claro que sim. Ele é "só sim" o índio que salvou a minha vida. Eu devo a vida a ele.

Então o sargento libera o rapaz e chama os comandados para o seguirem.

"O que é um amigo (*agradecido)? Uma única alma habitando dois corpos."

Aristóteles

*O agradecido é por conta do autor do livro.

O reencontro é emocionante. Getúlio abraça-o emocionado, diz que mesmo ao longe, logo que o viu não teve dúvidas de que seria o amigo. Faz todo tipo de pergunta; como ele está vivendo, onde foi parar depois de tudo o que houve na fazenda, se estava bem, se não estava doente. Mas o índio só responde com poucas palavras como de costume.

Getúlio chama Abajeru e o leva para aquele hotel do luminoso bonito que muito o encantou. Chegando à portaria convida-o a entrar, chama a atenção de todos os que estavam ali a serviço e exclama:

— Pessoal. Esse é o índio que eu falei para vocês que salvou minha vida!

LUIZ GONZAGA DE ALMEIDA

— Depois de muito tempo Deus o trouxe para perto de mim para que possa retribuir tudo o que ele me fez. Dá um abraço no índio e apresenta formalmente a cada um dos presentes onde se encontrava também seu irmão postiço Pedro, que o abraçou e disse:

— Seja bem-vindo. Fique à vontade.

"Há pessoas que amam o poder, e outras que tem o poder de amar."
Bob Marley

Após as apresentações Getúlio chama uma camareira e pede que ela prepare um quarto e leve a mochila do amigo. Leva o índio ao restaurante do hotel para tomar um belo café. Depois do café Getúlio o conduz ao quarto em que ele vai se hospedar.

O quarto é muito luxuoso e Abajeru estranha e fica parecendo constrangido. Mas Getúlio conhecendo o índio e percebendo seu constrangimento lhe diz:

— Essa noite você dorme aqui, mas amanhã eu vou te acomodar num outro lugar em que você vai gostar e permanecer. Isso tranquiliza o índio assustado com tudo.

Mas, Abajeru não deixou de perceber quando Getúlio citou Deus ao apresentá-lo e pergunta:

— Você disse que Deus me trouxe aqui. Você falou com Deus?

Getúlio conhecendo a história do índio amigo e sabendo da longa busca responde:

— Não amigo. Isso é só uma maneira habitual de todos que creem Nele falar.

— Mas você com sua bondade ainda O encontrará!

"Se podemos sonhar, também podemos tornar nossos sonhos realidade."

Walt Disney

Getúlio continua a conversa de reencontro com o amigo por quem ele tem verdadeira admiração e gratidão. Ele conta sua história depois de tudo o que passaram na fazenda.

UM CURUMIM EM BUSCA DE DEUS

Diz que Pedro o trouxe de volta e passou a ele tudo o que ele tinha por direito deixado pelo pai e pela mãe. Que ainda conseguiu na justiça retomar o que seria do irmão que estava preso, que também se arrependendo do mal que causou aos irmãos, fez questão de abrir mãos dos bens. Apenas pediu para que os irmãos não o esquecessem na cadeia o que estava sendo cumprido pelos dois, que lhe davam toda assistência jurídica e familiar.

Contou que chegando retomou suas atividades no hotel dos dois, voltou a estudar e se formou advogado. Encontrou uma moça muito boa por quem se apaixonou e se casou e que já tinham três filhos. Que o que lhe faltava era poder reencontrar o amigo para retribuir tudo que ele havia feito e que agora está acontecendo.

"A serenidade é apenas a casca da árvore da sabedoria, mas, não obstante, serve para esta perseverar."

Confúcio

E Getúlio continua com a história que o índio ainda não conhecia:
— Chegando aqui de volta, depois da saída da fazenda, meu irmão Pedro me entregou tudo o que me pertencia e ainda a parte que era do nosso irmão que estava preso. Eu pedi a ele que desfizesse a partilha e que se alguém tinha direito ao que era do irmão legítimo dele, era ele, eu só tinha direito ao que nosso pai e nossa mãe me passaram antes de morrer. Mas ele insistiu dizendo que o irmão preso havia assinado um termo declinando de tudo por livre e espontânea vontade, apenas pediu que nós não o abandonássemos.

E Getúlio continua a descrição dos fatos:
— Eu então fui ao presídio visitar meu outro irmão. Chegando lá ele me recebeu muito triste e envergonhado. Eu o abracei e disse que já o havia perdoado. Ele então me confirmou tudo o que o mais novo me dissera. Que abriu mão de tudo que era dele em nosso favor para compensar o que tinha feito conosco, e que não aceitaria a recusa, pois foi lavrado em cartório e assinado com testemunhas. Apenas pediu-me que quando ele for solto, que eu o ajude a recuperar sua dignidade e que ele irá se esforçar muito para merecer nossa ajuda.

"Não leve nada para o lado pessoal. Nada do que os outros fazem é motivado por você. É por causa deles mesmos."

LUIZ GONZAGA DE ALMEIDA

Filosofia tolteca

E Getúlio continua sua narrativa sobre o irmão preso:

— Eu confesso que quase fui às lágrimas, pois enquanto ele falava eu comecei a lembrar de quando éramos pequenos. Eu o ensinei a jogar bola, a nadar, a andar de bicicleta, lia historinhas para ele dormir, quando viajávamos de automóvel ele dormia em meu colo quando cansava da viagem. Mas quis o destino que ele tivesse aquele desvio e não foi por nossa vontade. Sendo assim, o castigo não era sem merecimento, pois ele tinha tudo que necessitava e o que não tinha, ele podia adquirir com facilidade. Por que se envolver com delitos desnecessários?

— Mas vamos falar de coisas boas!

E Getúlio passa a questionar Abajeru.

Quer saber o que ele fez depois da fazenda onde se conheceram.

Abajeru então, não tendo hábito de falar, conta a sua maneira e sem muito detalhe o que aconteceu depois da fuga da fazenda.

Conta que foi para parar numa cidade grande, que passou dificuldades, que não tinha onde dormir e teve que dormir num banco de praça, que não conseguiu participar da vida religiosa na igreja porque as pessoas não o aceitavam e que fora jogado sob as rodas de um carro em movimento e por sorte não morreu, que fora transferido para um hospital de pessoas com problemas físicos e mentais, mas que conseguira fugir dali também. E foi narrando.

Contou então a experiência com um trabalho legal na fazenda, mas que os colegas não o aceitaram por ele não conseguir ficar parado e trabalhava mesmo quando não precisava incomodando aos demais. Por último falou da experiência na igreja onde pessoas portadoras de maus espíritos eram levadas para serem curadas. Concordou que o Pajé da sua tribo também fazia, mas levava para fazer na mata onde deixava os espíritos. E por último falou do surgimento do patrão lá da fazenda de escravos e que ele com medo de ser levado novamente empreendera sua quinta fuga. E completa:

— Por que para encontrar Deus eu tenho que fugir de tudo e até de coisas ruins?

"Você sente frio e perdido em desespero. Você constrói a esperança, mas o fracasso é tudo o que você conhece e percebe."

Musica: Irisdescent — Linkin Park.

A manhã se vai. Já passa do meio dia e Getúlio convida o índio para o almoço.

Eles se dirigem ao restaurante do hotel e se fartam com uma deliciosa moqueca de peixe ao molho de camarão com arroz, que Abajeru nunca houvera sequer experimentado em toda a sua vida. Estava habituado a comer todo tipo de peixe, mas não preparado com tanto esmero. A seguir Getúlio conduz o amigo ao apartamento onde ele está hospedado provisoriamente.

Ao chegar Getúlio insiste que o índio termine de contar a sua aventura e ele assim o faz.

Abajeru conta a fase divertida que foi a viagem com o caminhoneiro Paulo. Embora o índio não risse tanto, ele achava engraçadas as situações em que o motorista se metia e de como ele escapava. Mas foram aventuras interessantes e alegres que tornasse a viagem longa e cansativa mais prazerosa e que apesar das agruras encontradas, ele continuava inteiro de corpo, de mente e de pensamento.

Então Abajeru conclui dizendo que foi assim que chegou ali. Não conhecia nada nem ninguém, não sabia de onde vinha nem onde parar, mas ali se sentia como estivesse em casa. O local fazia-o lembrar da aldeia em que viveu por mais de oito anos, a paisagem era muito parecida e o clima quente e úmido o fazia lembrar as noites em que dormia na rede amarrada em troncos no pátio da aldeia.

Getúlio explica ao índio que a noite seguinte ele já dormirá em outro apartamento, o que era dele antes dos incidentes que provocaram sua ida para a fazenda. E que Abajeru ficaria morando ali por quanto tempo quisesse.

Antes de se despedir de Getúlio, o índio pede que ele aguarde um pouco e vai até sua mochila, apanha um saco de papel e do seu interior ele retira um punhado de notas e entrega ao negro. Getúlio não entende o que está acontecendo, mas o índio explica que é todo o dinheiro que ele juntou trabalhando na fazenda. Getúlio apanha o dinheiro e senta-se para contar. Havia quase quinze mil reais que o índio pede para ele guardar.

Os dois já cansados e com sono, pois conversaram o dia todo se despedem para mais uma noite de descanso.

No dia seguinte logo cedinho, Abajeru é acordado pelo camareiro. Diz que o doutor Getúlio o aguarda para o café. Ele se prepara e vai atender o chamado do amigo. Antes tomou um banho e vestiu o macacão que comprara dois dias atrás.

Getúlio já o esperava no saguão do hotel e com sua chegada o conduz ao restaurante onde havia uma farta mesa de café da manhã, mas que o índio só comeu um pão com manteiga e tomou uma xícara de café com leite. Durante o café, o índio pergunta ao amigo se haveria alguma coisa para ele fazer como trabalho, que ele gostaria de pagar toda aquela hospedagem que estava tendo. Mas Getúlio responde:

— Primeiro vamos a um banco providenciar a aplicação do seu dinheiro. Depois falaremos disso.

Foram então ao banco e Getúlio cuidou de abrir uma conta em nome do índio e de aplicar parte do dinheiro para assegurar algum rendimento visto que dificilmente ele gastaria, mesmo não sendo muita coisa.

Em seguida eles retornam ao hotel e vão tratar de fazer a mudança de Abajeru para um apartamento fora do hotel onde ele ficaria enquanto quisesse ficar por ali. Getúlio bem sabia que não demoraria muito e o amigo índio procuraria outro local que ele se adaptasse melhor.

Logo em seguida Getúlio chama o índio para a parte de trás do hotel e lhe apresenta uma área arborizada e ajardinada, mas muito maltratada e pergunta ao amigo se ele gostaria de cuidar daquilo. Parecia um presente para uma criança. Abajeru abriu um sorriso e exclamou:

— Vou cuidar como se fosse minha aldeia!

E Getúlio completou:

— Sinta-se como se fora sua aldeia então. Faça o que você achar que é o melhor. Isso está assim desde que minha mãe faleceu. Então, não há nenhuma pressa.

Chamou o gerente e pediu que ele fornecesse o que fosse preciso. E concluiu:

— Agora vou para o escritório.

Logo após o almoço Abajeru inicia seu estudo da área do terreno em que estava o jardim e nele encontra plantas interessantes e importantes que só pessoas com as suas experiências poderiam identificar. E passa a esquematizar de como seria a distribuição de forma equilibrada com aquelas que não poderiam ser deslocadas.

Antes do final da tarde, Getúlio retorna ao hotel acompanhado de sua mulher e seus três filhos. Leva-os então ao local onde se encontrava o índio para apresentá-los a ele.

— Esse é o João, o índio que eu sempre conto para vocês que salvou a minha vida, mas o nome verdadeiro dele é Abajeru, nome indígena.

A esposa de Getúlio, uma negra muito bonita, se aproxima e diz:

— Muito prazer João. Obrigado por você permitir que eu conhecesse e casasse com Getúlio. Meu nome é Marília. Terei muito prazer em recebê-lo em minha casa.

UM CURUMIM EM BUSCA DE DEUS

Em seguida Getúlio apresenta os filhos dois meninos e uma menina.

— Esse é Teófilo, o mais novo, em homenagem ao meu pai adotivo. Essa é Cecília, a do meio em homenagem à minha mãe adotiva. E esse... É o João, o mais velho, João Abajeru em sua homenagem.

O índio na sua timidez fica emocionado, mas não demonstra por vergonha. Sorri demonstrando muita satisfação pela homenagem.

Após as apresentações Getúlio e a família se despedem e se retiram enquanto Abajeru conclui as últimas atividades antes do recolhimento para o descanso noturno

Abajeru como dissera Getúlio, estava se sentindo em casa naquela imensidão de jardim que embora todo desfigurado pela falta de cuidados de muito tempo, encanta o índio que vai caminhando e imaginando em que poderia melhorar sua aparência sem que perdesse as características da paisagem natural.

Ele inicia com a poda das árvores que eram muitas e que tinham muitos galhos secos e outros caídos sobre o tronco. Mas, são muitas e só esse trabalho exigiria muitas horas por dia e muitos dias para a conclusão.

Com isso, o gerente do hotel autorizado pelo irmão de Getúlio contrata uma empresa de limpeza para executar o trabalho pesado, poda e retirada do entulho do local. Assim o índio passa só a coordenar a limpeza para depois iniciar a organização do paisagismo mesmo não sendo ele um especialista nessa atividade, mas tinha muita experiência em reconhecer e cuidar de plantas que tivessem utilidade decorativa ou medicinal.

Em duas semanas os funcionários da empresa contratada concluíram a limpeza do local e Abajeru passa a cuidar da aparência. Ele sabe escolher as plantas ainda em fase de crescimento e definir que tipo e cores de flores elas produzem. Em menos de um mês de trabalho o que era apenas um quintal começa a adquirir aspecto de jardim.

Numa manhã, Abajeru acordou muito cedo, fez seu desjejum à sua moda com uma fatia batata-doce cozida, dois nacos de mandioca, meia espiga de milho e uma caneca de chá de folhas de hortelã e de maracujá que se tornou muito popular entre o pessoal do hotel, vez ou outra um colega ia compartilhar do desjejum do amigo índio.

Nesse dia ele não recebeu visitas e logo que terminou sua alimentação matinal seguiu na direção do jardim em recuperação.

Sua primeira atividade seria terminar a retirada da raiz de uma folhagem que ele transportaria para outro ponto, ela produzia folhas de um verde muito vivo e flores muito vermelhas com traços em branco e amarelo que contrastaria com as que já estavam plantadas naquele local.

Quando removeu parte da terra que cobria a raiz da planta, ele percebeu que havia algo diferente sob a terra removida. Levanta com a pá e retira uma caixa envolvida com um plástico muito resistente. Abre a caixa e dentro dela encontra outro pacote coberto com plástico que ele remove e encontra um livro de capa avermelhada e escrita em dourado. Ele apanha aquele livro e lê o título, "Como eu encontrei Deus", mas não trazia escrito o nome do autor.

Fica eufórico na hora, mas sem saber direito o que fazer. Então pensa melhor e resolve levar para o conhecimento de Getúlio e de seu irmão.

Getúlio e Pedro estão numa reunião com o gerente e demais funcionários administrativos, mas Abajeru senta e espera.

Quando termina a reunião, ele se dirige a Getúlio e mostra o livro e conta que estava enterrado no jardim. Getúlio chama o irmão e lhe mostra o que Pedro também fica sem entender e pergunta o que é aquilo. Então Getúlio explica que o índio o achara no jardim.

Pedro diz nunca ter visto no hotel ou em casa o que Getúlio confirma a sua afirmativa dizendo que ele também nunca o vira.

Ao folear o livro Getúlio vê que se trata de interpretações de textos religiosos e filosóficos escrito em português e traduzidos para o Tupi Guarani então ele devolve ao índio e comenta:

— Isso é seu. Foi mandado para você.

O índio volta para o jardim e se concentra no trabalho.

O dia vai seguindo e o empenho do índio na reforma do jardim já é percebido por todos do hotel. Funcionários e hóspedes acompanham a sua dedicação e o seu desprendimento na execução dos trabalhos. Ele vai para o almoço, mas logo retorna e dá continuidade e o dia vai passando quando já de tardinha uma chuva leve cai ajudando a aguar os plantios que fizera durante o dia.

Com a chuva caindo, mesmo sendo leve, Abajeru resolve se recolher e aproveita para iniciar a leitura do livro encontrado e que Getúlio não dissera diretamente, mas deixara nas estrelinhas das suas palavras que o livro fora enviado para ele, e outro susto lhe ocorre.

No início do prefácio tinha um texto que dizia:

"Deguste as palavras desse livro assim como as aves degustam as frutas mais doces que a natureza lhes oferece."

UM CURUMIM EM BUSCA DE DEUS

Abaixo vinha a tradução para o Tupi Guarani, mas que em português dizia:

"Saboreie as doçuras dessas palavras, do jeito que os papagaios saboreiam os frutos do abajeru (fruto dos papagaios)."

O índio pensa nas palavras de Getúlio quando disse que o livro era destinado a ele, e juntando o pensamento com as palavras no prefácio, chega à conclusão que o amigo estaria certo. Mas como poderia o livro estar num lugar que ele nunca havia estado e ter escrito coisas relacionados ao seu nome?

Ele lê algumas páginas, mas ainda fixado nos acontecimentos e nas "coincidências" que só alimentava sua curiosidade que há algum tempo já vinha perdendo o entusiasmo do início e que ele chegava mesmo a pensar em desistir.

Ao seguir na leitura, Abajeru vai sentindo que tudo que encontra nas palavras ali escritas, apesar da pouca habilidade de leitura e interpretação, tem relação direta com suas aventuras, mas principalmente com as palavras do índio quando ele ainda era criança lá na mata.

De repente, o cansaço chega o livro lhe cai das mãos, o sono bate pesado e começa a sonhar.

Ele se vê em frente a mesma cachoeira onde viu também em sonho da última vez quando era um menino de apenas oito anos e que buscava naquele lugar a presença de Deus. Logo ele escuta novamente o trotear de cavalo e procura pela presença do índio e agora não o enxerga, mas ele ouve uma voz que diz:

— Curumim.

E ele então rebate nervoso:

— Não sou mais um curumim.

E a voz ressoa mais forte ainda como querendo impor autoridade:

— Para mim você não será mais curumim quando aprender a procurar as coisas certas.

E Abajeru questiona:

— Como que eu vou encontrar? Já caminhei por quase vinte anos e não consigo encontrar o que procuro.

E a voz:

— Você acha que vai encontrar o que procura andando pelas estradas? Você acha que vai trombar com alguém que vai lhe dizer?

— Muito prazer. Eu sou Deus.

E a voz continua ecoando:

65

— Eu lhe avisei da outra vez que você só encontraria o que procura quando conseguir achá-lo dentro de si.

Abajeru tenta questionar ou perguntar alguma coisa, mas acorda repentinamente e tudo se revela realidade e o sono não retorna, pois já está amanhecendo e está quase na hora de se levantar.

O índio levanta para mais um dia de trabalho, segue toda rotina das manhãs anteriores que é de comer algo tomar um chá e seguir para cumprir com o seu compromisso de recuperar o jardim e que vinha cuidando muito bem.

O trabalho desenvolvido por Abajeru é sempre admirado por todos. As folhas se destacam pela sua beleza de um intenso verde e as flores iniciam um colorido majestoso nas suas variações de tonalidades que o índio com o seu intenso conhecimento de natureza distribuiu por todo o jardim.

Pedro, irmão de Getúlio, encomenda para um escultor muito famoso na cidade e que conheceu bem os seus pais, um busto de cada um para homenageá-los com a exposição no jardim. Todas as providências relativas a melhoria e conservação do jardim do hotel passa pelo irmão e sócio de Getúlio, Pedro, mas a decisão de como são feitas é de Abajeru que a cada dia torna o local mais bonito e aprazível.

A noite cai novamente e Abajeru retorna a leitura do livro que tornou um hábito desde o seu início. Frases importantes que levam a intensa reflexão aparecem mais e mais a cada página. A última frase que o índio leu naquela noite o fez refletir muito e juntar às palavras do índio no seu último sonho.

"Quem procura deuses em um único caminho jamais encontrará. Deus é único e há que ser procurado nos vários caminhos: o da bondade, do amor e da solidariedade.". LGA.

Logo que acordou imediatamente Abajeru tomou uma decisão. Pediu aos irmãos donos do hotel, a permissão para usar uma cozinha antiga e que estava desativada nos fundos e que dava frente para uma rua que era pouco movimentada. Eles com lógica quiseram saber o que o índio faria com aquele lugar que eles já pensavam em derrubar para construir novos apartamentos, embora não fosse necessário, pois o hotel era grande o suficiente. O índio explicou que ia distribuir sopas aos moradores de rua assim que ele conseguisse se organizar.

Os irmãos aplaudiram a atitude e se propuseram a participar ajudando o que Abajeru se recusou prontamente. Disse que agradecia, mas que gostaria de assumir tudo sozinho. Que ele tinha que provar a ele que era capaz de encontrar Deus do jeito correto e que teria que começar daquela maneira. Os irmãos entenderam e aceitaram, mas se colocaram à disposição do que fosse preciso.

Abajeru chama então Getúlio e solicita a retirada do seu dinheiro do banco. Getúlio se recusa e diz que daria o dinheiro que ele precisasse, mas Abajeru se nega em receber qualquer tipo de ajuda financeira do amigo. Mas mesmo assim Getúlio oferece para colocar dois funcionários do hotel para ajudar a cozinhar e distribuir a sopa e o índio aceita porque no início estaria sozinho e não daria conta.

Getúlio assim que o banco abre no dia seguinte convida Abajeru para irem retirar o dinheiro, mas ele concordou em deixar uma parte para manter a conta em aberto.

Abajeru então pede licença para deixar o trabalho de jardinagem por uns dias para organizar tudo. Reúne um mobiliário antigo estocado no depósito e monta na antiga cozinha, comprou uma geladeira e um freezer. Os demais mobiliários necessários para o funcionamento já estavam montados na cozinha e foi todo cedido pelo hotel. Precisou abrir uma porta para a rua e fechar uma que havia, mas só dava acesso ao hotel.

Após vários dias de preparação a cozinha fica pronta e preparada para iniciar suas atividades. Abajeru volta a fazer o trabalho no jardim e à tardinha sai de casa em casa recolhendo roupas usadas. Muitos não entendem e se recusam a oferecer. Mas ele com educação, agradece e segue em novas tentativas.

No primeiro dia não rendeu muito na arrecadação de roupas e nem na distribuição das sopas, pois as pessoas ainda não tinham conhecimento daquela atividade, mas com o tempo os moradores foram conhecendo o trabalho do índio e reconhecendo sua intensão alguns se dispuseram em colaborar e até fizeram questão de ajudar cozinhando, servindo ou ajudando na limpeza no final da noite. Com isso a notícia se espalhou e muitos moradores de rua passaram a frequentar diariamente.

Abajeru seguiu sua rotina. Acordava bem cedo, ia fazer compras na feira, mas muitos já conhecendo aquela atitude do índio não faziam questão em receber ou cobravam apenas o preço de custo e em pouco tempo Abajeru já não utilizava muito do seu próprio dinheiro. Em seguida cumpria sua jornada completa na jardinagem do hotel e terminando seu expediente partia para o trabalho na cozinha para cuidar de fornecer as sopas a todos àqueles que as procuravam.

À noite, após todas as atividades que lhe cabiam, ele se dirigia ao seu quarto e imediatamente pegava o livro para ler uma página que fosse e a cada dia e a cada página percebia que por tudo que passou e sofreu desde que saiu da sua aldeia indicava ter um propósito fundamentado.

LUIZ GONZAGA DE ALMEIDA

O jardim começa ter aspecto de suntuosidade embora sua construção arquitetônica fosse muito simples. A maneira como estavam distribuídas as plantas, a composição de cores, que às vezes lembrava o arco-íris, as formas geométricas que traduziam composições milimétricas. Se vista por um paisagista ele afirmaria que fora desenhado por um arquiteto. Mas será que não foi?

Um comentário de uma parte do livro dizia:

"Só um Deus poderia criar arquiteturas tão perfeitas e ciências tão organizadas no universo. As formas e as criações feitas pelo homem são apenas modificações daquilo que já existe pela criação divina". LGA.

Mas abaixo havia um complemento. Uma frase de Aristóteles, grande sábio e filósofo:

"Nada se cria, tudo se transforma."

Eram canteiros de rosas, cravos, bromélias, hortênsias e muitas outras, e cada tronco de árvore servia de suporte a um tipo e de uma mesma cor de orquídea, surtindo um efeito semelhante a uma árvore de Natal sem luz artificial.

Era de encantar os olhos. Sempre que chegavam novos hóspedes era apresentado a eles o jardim do hotel, como uma referência da qualidade dos serviços.

Como ali se hospedavam muitos homens e mulheres de negócio, o gerente do hotel teve a ideia e Pedro autorizou construir pequenos quiosques com mesa e cadeiras onde poderiam se reunir para discutir sobre compra, venda ou serviço.

Nas noites nas distribuições das sopas, a cada semana, novos voluntários surgiam propondo prestar algum serviço. Eram homens, mulheres muito humildes ou até senhoras esposas ou filhas de gente importante que vinham propor serviço e todos eram bem-vindos com apenas uma condição: Não podiam modificar as características daquela atividade. Ou seja: "querer servir caviar a quem não tinha nem pão duro para comer".

Isso também fora encontrado no livro que Abajeru lia com grande interesse. Mas ele utilizou essa prática por muito tempo.

"Para quê muitas roupas para vestir se bastam dois pares? Um para usar enquanto o outro lava e seca". LGA.

UM CURUMIM EM BUSCA DE DEUS

O trabalho de recuperação do jardim é concluído com êxito pelo índio que passa a fazer a manutenção e cuidar para que não se deteriore novamente. E assim, dedica a maior parte do seu tempo à distribuição das sopas que ele cuida para que não faltem mantimentos nem pessoas para ajudar nos trabalhos.

Antes de dormir a prática é sempre ler. Ele conseguiu outros livros com os quais ele varia na leitura, mas sempre buscando informações para se instruir de forma sóbria e consciente.

Logo vem uma ideia a Abajeru:

— E ele pensa. Por que não ler pequenas orientações do que ele encontra nos livros aos que vêm procurar as sopas nas noites?

Experimenta numa noite e não dá muito certo. Apenas os que estão ali a trabalho, prestam atenção, mas os demais terminam a sopa e já se encaminham para outros lugares deixando o recinto.

Na noite seguinte ele tenta novamente e o mesmo ocorre como na noite anterior. Não sobra ninguém para ouvi-lo. E assim permanece por muito tempo ele falando para quase ninguém.

Getúlio faz uma visita e participa da distribuição das roupas e das sopas. Abajeru inicia sua fala, mas à medida que vão terminando de se alimentarem as pessoas vão saindo apressadas, então Getúlio interpõe-se a alguns e pede para eles esperarem para ouvir, mas um deles fala:

— Moço, a gente tem que ir senão outros tomam os lugares que temos para dormir e a gente tem de procurar outro que às vezes não consegue.

Aquela resposta deixou o negro sem chão.

Getúlio foi para a casa naquela noite enquanto seu pensamento não se distanciava daquela situação. Tenta dormir, mas sempre vêm imagens e sons do que aquelas pessoas passavam e de como lhe falaram que ele sentiu na alma como se fora uma lança penetrando no seu íntimo. Passou a lembrar dos longos e doloridos anos que passou na fazenda de escravos e o que sofreu por dias e noites, ele ainda sentia as dores das torturas e das privações.

Não conseguiu dormir aquela noite e logo de manhãzinha, ao se dirigir ao hotel, esperou a chegada do irmão para conversar.

Pedro chegou logo em seguida e Getúlio já o aguardava em sua sala e pediu para lhe falar.

Sentaram-se e Getúlio passou a narrar o ocorrido e pediu ajuda do irmão para uma solução. Pedro confiava e admirava muito o irmão postiço, mas, ainda assim, tinha desconfiança do rumo que as coisas estavam tomando nesse sentido e transmitiu essa preocupação a Getúlio que então pediu para colocar suas ideias.

Diz Getúlio:

— Pedro. Eu pretendo construir um salão grande onde caibam alguns beliches e onde eu possa construir dois banheiros, um masculino e outro feminino, para abrigar as pessoas que não têm onde dormir, por um tempo.

Pedro então questiona:

— Mas e depois desse "tempo"? Faz o sinal de aspas com os dedos.

Getúlio então responde:

— A maioria deles está de passagem. Eu posso acolhê-los por um tempo dando-lhes oportunidades de tomar um banho, de se barbear, vestir uma roupa limpa. Quem sabe eles consigam encontrar um trabalho ou mesmo retornar ao lar, aqueles que ainda têm, mas têm vergonha de encarar a família depois de tudo! Veja o exemplo de Abajeru; ele só não volta para a aldeia porque será reconhecido como fracassado. Ele não diz, mas eu sei o quanto ele sente falta da sua tribo!

Pedro então eleva seu braço sobre o ombro do irmão e fala:

— Nunca mais diga "eu vou fazer". Digamos sempre "nós faremos".   Isso fez rolar duas lágrimas dos olhos de Getúlio que abraçou o irmão.

Os irmãos se tornaram muito ricos com herança e trabalho. Tinham muitos bens imóveis e dinheiro aplicado. Dos rendimentos do hotel eles só retiravam o suficiente para a sobrevivência das famílias dos dois que era muito pouco comparado ao que faturava. O restante eles mantinham junto à contabilidade da empresa para uma eventual soltura do irmão preso, caso ele viesse a reclamar sua posse. Além de tudo, levavam uma vida sem ostentação ou esbanjamento. Eram muito simples, caridosos e solidários. Pedro seguia tudo que o irmão Getúlio lhe ensinava.

"Bens materiais em excesso só tem duas funções: Preocupar o portador com eventuais possibilidades de perda, e atrair a atenção de invejosos cuja prática é tomar para si o que não lhes pertencem."   LGA.

Essa frase Abajeru leu no livro que encontrou no jardim e mandou escrever em alto-relevo na parede central da cozinha da distribuição.

É dado à largada para a construção do albergue. Uma empreiteira é contratada para iniciar e terminar em toque de caixa dado o caráter de urgência estabelecido por Getúlio.

UM CURUMIM EM BUSCA DE DEUS

Certa feita, durante as distribuições, Abajeru percebe uma menina índia aparentando dezesseis ou dezessete anos que nunca houvera estado ali. Ele vê na menina índia muita semelhança com alguém a quem ele conheceu. Parecia com uma linda índia da sua aldeia em que todos os guerreiros disputavam o direito de tê-la em casamento.

Abajeru se aproxima da mesa em que ela se encontra senta em uma cadeira e tenta puxar conversa com a índia. Ela se retrai sentindo-se ameaçada, então o índio chama uma senhora que ajudava nas distribuições para tranquilizar a menina. A senhora inicia perguntando de onde ela estava vindo. A menina índia se contrai toda e não responde. Então Abajeru repete a pergunta em tupi-guarani e ela responde, vinha de outra cidade longe dali. E o índio pergunta novamente a que tribo ela pertencia. E ela responde então com o nome da tribo de Abajeru.

Abajeru fica longo tempo conversando com a pequena índia e ela vai se abrindo e fala tudo o que o índio pergunta.

Em seguida ele pergunta onde ela estava morando. Ela então conta que estava morando numa casa perto do rio grande com outras meninas índias. Que ela tinha sido levada da aldeia ainda com doze anos de idade e que desde os quinze, fora obrigada a se prostituir e servir com sexo a todos os tipos de homens que apareciam; limpos, sujos, gordos, magros, bonitos, feios, delicados ou agressivos que as obrigavam a fazerem coisas de todo tipo, e se não os agradassem apanhavam e ficavam sem comer todo o dia e a noite.

Abajeru lembra uma frase que leu numa outra noite.

"Quem abusa do poder sobre os mais fracos, estará exposto a todo tipo de enfraquecimento do próprio corpo e da própria mente."   LGA.

Abajeru pergunta à índia para onde ela iria, e ela reponde que se não encontrasse outro lugar teria de voltar para a casa de onde fugiu mesmo sabendo que seria castigada e que dessa vez, pela fuga, com certeza o castigo seria pior que o de costume.

Sendo assim, ele só tem uma solução. Pede a índia que espere que todos deixem o recinto e ele ia tentar uma solução.

Quando o local se esvazia o índio senta numa cadeira e sozinho começa a pensar numa solução. Pensa em deixá-la dormir ali na cozinha, ao mesmo tempo pensa que os irmãos não gostariam e que ele talvez perdesse a confiança dos dois e o trabalho dele de alimentação dos indigentes ficasse prejudicado. Na construção do albergue não tinha condição mínima de acomodação, pois havia material espalhado por todo canto. Pedir ao Getúlio uma solução não seria justo, seria um incômodo muito grande e que não era justo transferir para ele aquela responsabilidade. Deixá-la dormir no apartamento seria um abuso da confiança que depositavam nele.

As horas foram passando e ele não encontrava uma solução e até a índia estava ficando incomodada e ameaçando ir embora, mas ele se encontrava muito preocupado com ela, pois a possibilidade dos sequestradores matá-la era muito grande.

E pela primeira vez o índio procura dentro da sua própria consciência a solução de um problema. Nesse momento ele se concentra tal qual faziam os colegas da fazenda de escravos e deseja que surja uma solução, e neste exato momento chega Getúlio que estava vindo buscar uma pasta de documentos no hotel e ao ver Abajeru sentado ele estaciona o carro e vem falar com o amigo.

Abajeru conta toda a história a ele e fala das suas dificuldades. Conta que a índia tem dificuldade com a língua portuguesa, Getúlio ouve e diz para o índio traduzir o que ele vai dizer.

Getúlio além de advogado era presidente do conselho de segurança do município e membro da diretoria regional da OAB. Ele então inicia falando e Abajeru vai traduzindo:

Diz que eles vão arranjar um lugar para ela ficar em segurança por alguns dias, mas que antes eles teriam de ir à polícia e contar tudo que ela sabia. Que ninguém saberia que havia sido ela quem denunciou e principalmente, que ela seria enviada de volta a aldeia do povo dela. A índia balança a cabeça concordando e chora ao ouvir falar em voltar para o seu povo.

Getúlio toma então as providências.

Os três entram no carro e vão direto para uma delegacia. Getúlio procura o delegado de plantão e conta-lhe a história, o delegado ordena ao escrivão que faça um Boletim de Ocorrência e encaminha a índia para uma sala de interrogatórios. Getúlio se apresenta como seu advogado e Abajeru vai como intérprete.

Ela conta tudo. Como eles agem para retirar as crianças da tribo enganando os pais, como são as aparências dos homens que praticam esses delitos e a localização do cativeiro. O delegado manda levar a índia para uma casa de proteção às testemunhas e passa uma mensagem de rádio para a Polícia Federal. O oficial que o atende envia três viaturas ao local do cativeiro. O delegado também se dirige ao local com mais três policiais militares e Getúlio segue-os no seu carro levando Abajeru.

Chegando lá encontram um casarão e nas imediações muitos carros importados e algumas caminhonetes. A polícia invade a casa e vai descobrindo vários quartos e pessoas de todas as idades, mas principalmente homens idosos, acima dos cinquenta anos. Homens importantes da cidade e de outros municípios. E havia vinte e duas meninas que variavam de dez a dezessete anos de idade. O dia amanhece com farta gama de notícias para os jornais, rádios e a emissora de televisão local.

É mais um ato de heroísmo do nosso índio que se torna notícia e tem seu trabalho divulgado por todo o estado em razão do ocorrido.

Se por um lado foi bom para Abajeru, do outro foi desastroso, logo que o dia amanhece, começam a aparecer recados ameaçadores ao índio de toda e qualquer reprimenda. A porta da cozinha amanhece pichada, e há até tentativa de arrombamento.

Os irmãos Pedro e Getúlio têm de ampliar a sua área de segurança expandindo até as imediações da cozinha da distribuição. Mas a polícia acaba prendendo os que perseguiam o índio e tudo se acalmou.

Chega o dia em que a polícia vai devolver a índia ao seu povo. Ela é levada de helicóptero e Getúlio e Abajeru vão com helicóptero do hotel para conhecer a localização. A polícia pelas referências dadas pela índia já sabia onde estava a aldeia e Abajeru foi acompanhando para conhecer o caminho caso sentisse vontade de retornar um dia.

O helicóptero da polícia pousa na aldeia e faz a entrega da menina índia aos pais dela enquanto o do hotel permanece sobrevoando e Abajeru vai observando até que vê algo que lhe parece familiar.

Há aproximados cinco quilômetros da aldeia o índio enxerga uma enorme clareira na mata e uma grande cachoeira que caia de uma montanha. Tudo parecido com o que vira nos dois sonhos que teve e que falou com o índio. Ele pede a Getúlio e esse indica ao piloto que se aproxime daquele local. Ao constatar as semelhanças constata também que não era apenas sonho e que só o índio não estava ali no momento.

Nessa noite novamente ao abrir o livro Abajeru lê a frase.

"Não há sonhos nem desejos irrealizáveis. O que de fato há, são as horas e os momentos de acontecer."   LGA.

LUIZ GONZAGA DE ALMEIDA

Apesar de ter sido participativo e solidário no desenrolar dos fatos ocorridos, Pedro parecia não entender bem a forma como aconteceu, e principalmente, pelo nome do hotel estar envolvido com traficantes e demais personagens que depunham contra os conceitos do patrimônio. Por essa razão chamou Getúlio e pediu que ele explicasse melhor a situação.

Getúlio concordou com o irmão, mas pediu que ele marcasse uma reunião e convocasse Abajeru, que ele sim saberia explicar melhor, pois participou desde o início e que ele, Getúlio, apenas deu continuidade apresentando denuncia e acompanhando o processo.

Pedro então convoca formalmente a reunião e pede a Getúlio que marque com o índio para a manhã seguinte.

Getúlio procura Abajeru, lhe fala da reunião às nove horas do dia seguinte na sala do irmão e solicita que o índio compareça para explicar melhor como tudo acontecera.

Abajeru não demonstra, mas ficou preocupado. Ele na sua timidez detestava ter que discutir com alguém e sendo assim passou a pensar em o que dizer. Mas preocupou-se muito mais com a situação de Getúlio. Pensava que talvez ele estivesse criando um problema entre os irmãos e que poderia criar conflito e até mesmo desentendimento.

O índio dá sequência aos trabalhos do dia, na hora certa vai almoçar, quando retorna do almoço termina de mudar as posições de algumas folhagens que não se adaptaram ao ambiente, mas sempre pensando muito em o que falar na reunião.

Quando termina o expediente, ele então passa a cuidar com os seus colaboradores, sem aspas, preparando tudo para atender os que vierem procurar e já estava preparada também a mensagem que iria transmitir aos presentes que havia aumentado um pouco nos últimos dias.

Terminada as atividades ali, Abajeru encerra com as despedidas dos colaboradores e daqueles que ainda permaneciam por ali esperando uma carona ou outra condução. Abajeru fecha o estabelecimento apaga as luzes e se dirige ao apartamento para seu descanso.

Logo que se deita, ele pega o livro e dirige sua leitura para uma mensagem escrita naquela página. Ele lê a mensagem por várias vezes, para, pensa, marca a página, deixa o livro e vai a procura do sono.

O índio dorme pesado e logo começa a sonhar, senão, tendo um pesadelo. Ele se encontra na fazenda onde foi escravo e está sendo interrogado por que um índio que era seu vizinho de beliche o acusava de ter roubado algumas garrafas de cachaça. Ele tenta argumentar que não houvera roubado porque nem sequer tomava bebida alcoólica, mas de nada adiantaram as explicações, fora castigado com dez chicotadas. Ele acorda assustado, tenta dormir de novo, mas não consegue e se levanta.

Assim que se levanta faz as atividades de rotina que é lavar o rosto e escovar os dentes, apanha o livro e começa copiar numa folha de caderno o que lera antes de dormir.

Em seguida o índio chama uma camareira do hotel e pede para ela levar a folha e entregar nas mãos do seu Pedro. A camareira bate na porta da sala em que a reunião está por começar, pede licença, entra e entrega ao Pedro que lê, pensa um pouco, se levanta e encerra a reunião.

Getúlio sem entender se dirige ao irmão tentando saber o que estava acontecendo. Pedro entrega o bilhete para ele. Ele então abre o bilhete e lê a mensagem que diz:

"Não explique. Tudo que precisa explicação é porque não faz sentido. E para tudo que não faz sentido, não adianta explicação."   LGA.

Abajeru não completou, mas no livro ainda havia um complemento que dizia:

Daí a frase: *"Explica, mas não justifica"*.

Pedro só assinou um memorando que dizia que aquele assunto estava encerrado e solicitava a todos os diretores e funcionários, que evitassem qualquer comentário dentro do hotel ou nas suas imediações. O assunto deixou de ser ventilado no hotel como solicitou o irmão e sócio de Getúlio e tudo voltou ao normal.

Pedro, há tempos vinha reclamando de algumas dores a Getúlio e numa das visitas que ele sempre fazia a família do irmão, sua cunhada também se mostrou muito preocupada com o que vinha acontecendo com o marido e revelou todo o fato para o cunhado.

Contou ela que o marido vinha reclamando de muitas dores na região do abdômen, estava tendo refluxo e tudo o que comia dava muita queimação. Que havia procurado um médico que recomendou alguns exames que ele se recusava em fazer por medo de ser a mesma doença do pai.

Que o pai deles reclamava muito e quando fez os exames os resultados apontavam que nada poderia ser feito. Vários órgãos haviam sido quase que totalmente tomados pelo câncer. A partir dali ele viveu muito pouco tempo e sofreu muito nos últimos tempos que permaneceu com vida.

Getúlio resolve conversar com o irmão para tentar ajudá-lo naquilo que ele pudesse. Então diz Getúlio:

— Por que você não conversa com Abajeru?

— Talvez ele ajude em alguma coisa.

E Pedro questiona:

— O índio? Ele agora é curandeiro também?

E Getúlio então replica:

— Lá na fazenda ele curou muita gente. Até desenganado.

Pedro então vem com a tréplica:

— Você está brincando! Ser curado por um índio em plena época que vivemos.

E Getúlio então confirma:

— Não custa nada tentar. Mas ainda assim você precisa fazer os exames para ver o que tem com certeza.

Pedro então mesmo com muito medo procura o laboratório com as solicitações em mãos e faz os exames.

Passada uma semana, os resultados ficaram prontos, ele voltou ao consultório médico para obter o diagnóstico. Após análise o médico confirma suas suspeitas e dá o diagnóstico. Ele diz que Pedro tem uma úlcera grande e precisa fazer uma cirurgia para retirada antes que ela supure e cause um problema maior, mas que teriam de fazer novos exames e que levaria alguns dias para obter os resultados e aí marcariam a cirurgia.

O rapaz estava branco de nervoso só de pensar em ter de fazer uma cirurgia e o medo de não dar certo o apavorava.

Voltando ao hotel Pedro procura Getúlio para contar o que aconteceria. Getúlio pede licença e manda chamar Abajeru. Quando o índio chega parece que está tão doente quanto Pedro de nervoso e por não saber do que se tratava aquela convocação.

Getúlio explica para o índio que Pedro está doente e pede ao irmão que conte tudo o que está sentindo.

UM CURUMIM EM BUSCA DE DEUS

Pedro muito constrangido e desconfiado por ter de fazer narrativas da sua doença a um índio vai aos poucos se soltando e contando tudo. Abajeru não move um dedo nem muda a direção do olhar. Pedro termina o relato e o índio vira as costas e vai embora.

Aí que Pedro desconfia mais e pergunta ao irmão:

— Esse cara está brincando comigo?

E se dirige a Getúlio dizendo:

— Você está me gozando. Não está?

E Getúlio então responde:

— Espere e você verá!

O médico liga nessa tarde para Pedro e anuncia que a cirurgia teria que esperar mais uns quinze dias. Ele precisava fazer uma viagem para um congresso, que trataria justamente do caso que Pedro estava sofrendo, mas deixou o pedido dos exames com a secretária que ele deveria fazer dali a uns dez dias.

No dia seguinte logo de manhã quando Pedro ainda não havia chegado ao hotel Abajeru encontra Getúlio na entrada e lhe entrega uma garrafa e diz para o Pedro tomar uma colher de sopa em água quatro vezes ao dia, em seguida a cada vez que tomar, não comer nem beber nada por uma hora.

Quando Pedro chega a sua sala Getúlio já preparou a primeira colherada para ele tomar assim que passasse uma hora do seu café.

Depois da primeira colherada ele ainda sente um pouco de enjoo, mas logo passa. Uma hora depois do almoço ele volta a tomar e já não sente nada, apenas algo que parecia borbulhar no seu estômago, mas muito leve e as dores diminuíram consideravelmente.

Pedro está mais animado, quase sem dor, comendo pouco, mas naturalmente, sem refluxo e principalmente, está mais animado até para o trabalho.

As atividades no hotel voltam ao normal, ninguém doente, nenhum diz que me disse, todos estão trabalhando com muita ênfase e dinamismo. Principalmente Abajeru que segue cuidando do jardim que alguns apelidaram de "babilônia" em homenagem àquele famoso do oriente, a distribuição de sopas e de roupas vai aumentando, e principalmente porque o albergue está prestes a ser concluído e pronto para o uso.

Em dois dias de tratamento com a "garrafada do índio", como alguns a apelidaram Pedro quase não sente nada, apenas um ou outro incômodo e muitos gases provocando flatulência quase que contínua e incomodando quem tem de ficar próximo dele.

Getúlio procura Abajeru e pergunta do que era feita a tal garrafada e ele responde:

— Como dizia o Pajé, se disser o nome não fará efeito. E Getúlio conclui:

— Então é melhor não saber.

No terceiro dia de tratamento Pedro vai ao banheiro evacuar e quando termina percebe alguns pontos vermelhos de sangue nas fezes e o papel higiênico manchado de vermelho. Chama apavorado pela esposa que corre para ver o que está acontecendo e se apavora. Todos ficam muito assustados. O médico havia dito que se estourasse podia causar hemorragia.

A esposa de Pedro liga para o hotel e pergunta por Getúlio e é informada de que ele ainda não havia chegado. Ela pede ao atendente que assim que chegasse era para ele ligar para ela.

O hotel entra em polvorosa, mas logo Getúlio chega e informa:

— Se acalmem. Nós temos um código. Se algo muito grave acontecer, caso de morte mesmo, eles têm uma palavra que indica o grau da gravidade, que não era o caso.

Getúlio liga para a cunhada e pergunta o que está acontecendo e ela conta tudo. Getúlio pede para ela esperar e vai procurar Abajeru no jardim. Chegando lá ele fala para o índio que coça a cabeça e pergunta:

— Ele está sentindo muita dor?

Getúlio responde:

— Não. Nenhuma.

— Ele está desmaiando?

E Getúlio:

— Não. Ele está bem. Só está muito nervoso.

E o índio:

— Então tá bom. E continua o serviço.

Getúlio vai novamente para o telefone, a cunhada pergunta:

— O que disse ele?

Getúlio responde.

— Então tá bom. E ri.

Não demora nem uma hora Pedro aparece no hotel alegre e fagueiro. Getúlio pergunta:

— Como que você está?

E ele responde tranquilo:

— Estou muito bem.

UM CURUMIM EM BUSCA DE DEUS

Passa o susto de todos os que o cercam de amizade e Pedro torna-se outro homem depois de tudo. Retoma as atividades do trabalho apresenta novas ideias aos diretores que determinam a execução aos funcionários e tudo passa a ser até divertido visto que há muito tempo não se via tanta alegria em razão da sua doença.

Antes de completar os dez dias previstos para o retorno do médico da sua viagem, Pedro vai então fazer os exames que estavam programados. Ele comparece a uma clínica onde tinha que fazer uma bateria de exames; de sangue, ultrassom e uma tomografia. O resultado sai em dois dias e o médico chega há três dias, então ficam todos na expectativa, embora o paciente nem pareça doente.

Quando estão prontos, a clínica envia os resultados diretamente ao consultório do médico a seu pedido para o caso da doença ter se agravado e que ele possa preparar psicologicamente o paciente antes que ele tenha conhecimento.

No dia da consulta Pedro acompanhado da esposa comparece ao consultório do médico. A secretária os acompanha até a porta e os convida a entrar. Eles chegam e o médico parece indignado observando os slides à luz.

Cumprimentam-se e Pedro pergunta:

— Então doutor? O que me diz?

O médico parecendo espantado responde:

— Pedro, você fez algum tratamento que eu não saiba durante a minha viagem?

E Pedro constrangido em ter de confessar pergunta:

— Por que doutor? Tem alguma irregularidade nos meus exames?

O médico pede licença e chama a secretária e pergunta se haveria alguma irregularidade com os exames daquela clínica que ela sabia e não lhe contou. E ela responde que acha que não, que de todos os exames dos pacientes que ele atendeu antes do doutor Pedro, só um não foi daquela clínica e que o doutor mandou repetir, pois não concordou com os resultados.

Pedro então questiona:

— Então doutor. E o meu caso?

E o médico chateado pelo constrangimento que está sentindo responde:

— Desculpe Pedro. É que está acontecendo uma coisa que talvez já tenha havido, mas nos meus trinta anos de carreira nunca presenciei. Você está curado. Onde havia uma úlcera enorme coberta por uma pele que protegia um hematoma prestes a se romper e jorrar sangue por toda a cavidade, provocando uma hemorragia nunca vista...

LUIZ GONZAGA DE ALMEIDA

...Agora só há uma sombra de ferida cicatrizada. Você está curado. É só o que eu tenho para dizer.

Pedro abraça o médico emocionado e se despede.

O casal deixa o consultório e vai direto para o hotel onde os filhos, funcionários e alguns amigos aguardavam ansiosos por notícias.

Quando chegam, Getúlio já os encontra na porta e pergunta:

— E ai?

A esposa de Pedro é quem responde.

— Getúlio, o Pedro não está mais doente. Os exames não apresentaram nada. O médico ficou sem saber explicar o que está acontecendo, mas não tem outra coisa para dizer a não ser que é coisa divina.

Getúlio abraça o irmão, os dois choram juntos feitos crianças e em seguida vão procurar Abajeru para agradecer-lhe o feito. Ao aproximarem do índio Getúlio é quem diz:

— Meu irmão está curado. Você o curou.

E o índio só diz:

— É? Tá bom. E continua trabalhando.

Os irmãos riem como se fosse uma piada.

Pedro curado, o jardim maravilhoso, a sopa e roupas sendo distribuídas aos necessitados, só fica faltando o albergue.

Numa tarde o responsável pela obra do albergue chama Getúlio, estende a mão com as chaves e exclama:

— Está tudo pronto. Se alguma coisa não estiver funcionando, é só nos chamar que viremos consertar.

Getúlio apanha as chaves, agradece e pede para alguém chamar Pedro e Abajeru para verem juntos.

Os três fazem uma vistoria completa onde conferem o funcionamento das luzes, das torneiras, dos chuveiros e demais peças utilitárias para aprovarem e darem início ao funcionamento. Em seguida Getúlio liga para a fábrica de móveis e avisa que já podem entregar suas encomendas. No mesmo dia chegam os beliches, os colchões, os armários e demais utilitários para o funcionamento do albergue.

Na mesma noite Getúlio vai até a cozinha da distribuição e anuncia a inauguração do albergue e o início do funcionamento. Fala de como funcionará. Ele explica então que o atendimento será por um período de no máximo duas noites por pessoa. O objetivo é atender pessoas que estão de passagem pela cidade e que não tem onde dormir. Que em regra o andarilho poderia vir, tomar banho, trocar de roupas se tiver outra para trocar, se não tiver o albergue fornecerá.

E continua Getúlio:

Que a sopa continuará a ser servida e os moradores da cidade poderão continuar a tomá-la normalmente todas as noites, só não poderão dormir ali, terão que ir dormir nas suas casas. O pouso ali será só para os andarilhos que estivessem de passagem. Que não seria permitido que ninguém ficasse morando ali.

Havia um casal que toda a noite comparecia para tomar a sopa, mas tinha uma diferença dos demais. Todo fim de tarde, antes do início da distribuição, eles já estavam lá no local e ajudavam na preparação, tomavam a sopa, ajudavam a servir os outros, pois eram muito limpos e asseados. E no final eles ajudavam a desmontar e a lavar os pratos, panelas e demais utensílios. Getúlio nas vezes que visitou o local observou aquele casal.

Naquela noite, Getúlio chama o casal para uma entrevista. Ao perguntar sobre eles o marido conta que os dois moravam em uma cidade distante dali. Que eles tinham uma filha de quinze anos que numa noite ao sair para estudar na casa de uma amiga não retornou. Eles então ao procurar pela filha na casa da amiga foram informados de que ela não havia estado lá naquela noite. Que a colega e outras amigas da escola a esperaram por ela por mais de uma hora, mas ela não apareceu.

O casal conta então de forma emocionada que a filha se preparava para a formatura do ensino médio, que já havia prestado e passado no vestibular numa universidade estadual e que estava muito feliz. Que a polícia ao investigar chegou a improvável conclusão de fuga de casa. Então, continua o pai sempre muito emocionado:

Ele, investigando por conta própria ficou sabendo que um grupo de pessoas esteve na cidade recrutando meninas para um ensaio de modelos fotográficos, o que na verdade eram pessoas aliciando menores para a prostituição. A última notícia que obtiveram é de que eles estariam se dirigindo a cidade de Capital. Que ele deixou o emprego vendeu a casa e partiram para lá em busca da filha, única e querida.

Getúlio então insiste em saber mais detalhes da vida do casal. Que eles contam:

Ao chegar ali, foram informados de uma casa de prostituição nas proximidades do rio grande, foram procurar e encontraram a filha, mas ao tentar tirá-la de lá houve tiros dados pelos sequestradores e ela foi atingida e morreu ali mesmo no local.

A esposa continua o relato:

Conta que depois disso ela queria voltar para a cidade dela, mas que o marido prostrou-se na cama em depressão. Não comia, não bebia, não tomava banho e fazia as necessidades fisiológicas todas ali mesmo na cama e ela tinha de cuidar dele não tinha como trabalhar. Tinham alugado uma casa ali na cidade, e que tiveram que vender o carro a preço de bananas para pagar os últimos aluguéis atrasados, mas, mesmo assim, foram despejados. Que um senhor permitiu que eles se alojassem num barraco nos fundos de um terreno, mas que já pedira para eles deixarem porque ele vendeu o terreno e tinha que entregar desocupado para o novo dono.

Getúlio ouve com emoção a história dos dois e ao mesmo tempo arquiteta um plano. Convida o casal para conhecer o albergue enquanto pede ao segurança para ir buscar as chaves.

Abre a porta e os convida a entrar no recinto, vai acendendo luzes e mostrando os detalhes para o casal, se aproxima de um armário pede à mulher que pegue algumas roupas de cama, travesseiros colchas e que forre duas camas de dois beliches. Em seguida diz a eles:

— Hoje vocês dormem aqui. Amanhã a gente vê como fica.

Entrega o chaveiro para o homem e lhe diz:

— Quando eu sair você fecha e tranca a porta e não abre para ninguém. Depois apague as luzes. Amanhã logo cedo eu estarei aqui para conversarmos.

Abajeru assiste de longe tudo e vai acompanhando os acontecimentos com muita atenção e percebe a emoção que toma o casal e em prantos agradecem a Getúlio.

Quando Getúlio deixa o local, o índio termina de apagar a última lâmpada da cozinha e se dirige ao apartamento para seu descanso noturno.

Abre o livro de forma aleatória e encontra uma mensagem:

"Só recebe benefícios aquele a quem foi dado o privilégio de ceder suas riquezas, sejam materiais ou de sentimentos." LGA.

À noite, como todas da região é morna e sempre quando está começando a amanhecer vem uma neblina densa anunciando que o Sol vai surgir intensamente e que o calor do dia vai trazer uma chuva intensa ao entardecer.

O dia amanhece claro e traz o canto das cigarras que ziziam intensamente quebrando o silêncio noturno da madrugada. A luz do Sol penetra por todas as frestas possíveis prometendo que o dia vai ser quente e abafado.

UM CURUMIM EM BUSCA DE DEUS

As pessoas iniciam seus movimentos de vai e vem pelas ruas cada uma no seu intento preferido ou de necessidade. As mulheres conduzem filhos, netos ou sobrinhos ao caminho do aprender nas escolas, os automóveis têm seus motores acionados que levam seus condutores a um novo dia de trabalho. São doutores, professores, catadores, balconistas, bacharéis e tem aqueles que não sabem ou não têm aonde ir. Sem lugar, sem lar, sem esperanças.

Inicia-se um novo dia de trabalho e os funcionários do hotel se apresentam para nova jornada. Getúlio chega muito cedo, aproveita o chá de Abajeru e fala a ele o que vai acontecer.

Conta que José e Cléia, que é o casal que inaugurou o albergue, ficarão trabalhando e dormindo lá. Que cuidarão de tudo; da limpeza, da lavagem das roupas e do controle dos albergados. E depois se dirige ao albergue para falar com eles.

Lá chegando, o casal está na porta esperando e Getúlio os chama para um café no hotel. Após o desjejum, eles retornam e Getúlio lhes faz uma proposta de emprego e os olhos dos dois mareiam em lágrimas. Em seguida ele explica que os dois ficarão morando a princípio no albergue, mas que terão de ficar separados, ele na ala masculina e ela na feminina ao menos até que se encontre outra solução, mas será por pouco tempo. Combinam salários, e outras vantagens, pede que providenciem os documentos porque assim que o registro do albergue for liberado eles serão registrados.

Abajeru apresenta o jardim ao casal, e José se oferece para colaborar nas horas de folga no albergue. Cléia diz ao índio que José tem muito gosto pela natureza e na casa deles ele cuidava das plantas e cultivava todo tipo de folhagem e flores. Em seguida eles vão para o albergue preparar as camas e roupas de banho para receber os que vierem. Getúlio já havia orientado José de como registrar e controlar entrada e saída dos albergados e pediu que levassem muito a sério as regras estabelecidas.

O primeiro dia foi bastante cansativo, mas correu tudo bem. Getúlio acompanhou o desempenho do casal e ficou muito satisfeito com o trabalho que eles estavam desenvolvendo. Cuidadosos, asseados, organizados e principalmente muito atenciosos com as pessoas que procuravam por aquele atendimento.

Abajeru se afeiçoou muito ao casal José e Cléia, ambos tratavam muito bem a todo mundo e eles passaram a conhecer bem o índio e a respeitar suas características. E nos primeiros trinta dias que conviveram formou-se um laço muito próximo de amizade entre os três. Era tanto, que como o apartamento era grande só para o índio ele ofereceu para dividir com o casal que aceitou de bom grado e que Getúlio e Pedro apoiaram de coração.

Passaram-se semanas, meses, e alguns anos e as atividades seguiram sempre com muito sucesso. Sempre havia um número grande de andarilhos que procuravam o albergue, muitas vezes eram pessoas que estavam a trabalho, mas que por não ter condições financeiras para pagar um hotel ou outra estalagem qualquer, procuravam o albergue e se houvesse vagas Cléia e José nunca negavam um abrigo.

O número de pessoas que frequentava e tomava a sopa aumentou consideravelmente, pois alguns colaboradores traziam parentes e amigos não só para degustá-la, mas também para ouvir as leituras de textos do livro que Abajeru nunca deixou de fazer e aprendeu a interpretar e transmitir muito bem.

A última leitura era claramente dirigida a Getúlio, a Pedro e suas respectivas famílias cuja bondade e dedicação para com os necessitados os tornavam dignos de serem louvados. Ele leu um pequeno texto relativo ao assunto e o pensamento abaixo.

"Não é seguindo meus passos que encontrarás meu caminho, porém, se estiveres sempre ao meu lado, nunca perderás o meu rumo e não vagarás sem destino."
LGA.

Após a cura de Pedro, Abajeru passou a ser procurado por todos aqueles que souberam do fato e que tinham doenças de qualquer espécie. Mas o índio aprendeu nas suas leituras que nenhuma cura é definitiva e que elas não são do acaso. Que elas só veem na hora certa e para a pessoa certa.

Assim sendo, o índio ao ser solicitado evita apresentar qualquer solução ou dar falsas esperanças àqueles que o procuram. Às vezes quando chega alguém com uma criança doente e que ele percebe que a família não tem condições de procurar um atendimento de emergência, ele indica um remédio paliativo e recomenda que marque uma consulta com o médico. Sendo assim, eles não retornam nem o recomendam a ninguém.

Essa atitude foi recomendada pelo Getúlio ao amigo para evitar que o índio adquirisse fama de curandeiro e passasse a ser procurado por todos aqueles que se sentissem portadores de uma enfermidade qualquer. Além dos próprios profissionais da saúde que com todo direito fariam denúncias aos órgãos oficiais contra aquela atividade e Getúlio era muito determinado para as causas legais. Mas mesmo assim o índio é assediado e tem de se esquivar de todas as maneiras.

Um belo dia Getúlio o chama e lhe faz uma pergunta:

— Por que você não volta a estudar e tenta uma faculdade de medicina?

UM CURUMIM EM BUSCA DE DEUS

O índio só estudou até quinto ano do fundamental e teria de fazer um estudo a distância para concluir. Em seguida começaria o ensino médio, também à distância, para depois tentar uma faculdade. Getúlio se propôs a cobrir os custos até que ele terminasse. O índio se encabula e diz que vai pensar e Getúlio concorda, mas diz que não demore, pois o tempo passa muito depressa e quanto mais demora mais difícil se torna.

Abajeru não habituado a tomar decisões imediatistas fica muito reticente com a proposta do amigo e diz que vai pensar para decidir com segurança.

Mas as dúvidas que pairam estão relacionadas à questão de ter que atuar com a medicina utilizada pelos homens brancos. O índio com seus costumes tribais e que tem o Pajé como o curandeiro não vê com normalidade a medicina tradicional dos brancos. Mas ao relatar essa preocupação a Getúlio ele explica que ele pode optar por aplicar a medicina na fitoterapia, onde ele poderá só utilizar os tratamentos pelas plantas e ao mesmo tempo não ter sua atividade questionada pelos órgãos competentes. E então o índio pergunta:

— Mas aí eu poderei dar remédio de planta para quem tiver doente?

— Claro que poderá! Responde Getúlio.

— Mas, e se eu não quiser cobrar? Replica Abajeru.

— Um pouquinho você vai precisar cobrar, mas quando você vir que a pessoa não tem condição, você não cobra.

Com esses argumentos o índio toma a decisão e aceita à proposta do amigo que o leva para se matricular numa escola. Getúlio providencia todo o material necessário e libera Abajeru do período da manhã nos dias de trabalho para se dedicar aos estudos. O índio inicia com muito empenho como já acontecera quando frequentara os primeiros cinco anos quando era cuidado pela enfermeira, levava muito a sério e desenvolvia com naturalidade o seu aprendizado.

Abajeru segue seus estudos, mas paralelamente lê muito sobre a natureza e as plantas. Getúlio adquiriu alguns livros sobre a cura através das plantas que ele lia com interesse, mas sem deixar de reservar um tempo para a leitura do livro encontrado no jardim e que ele utilizava para transmitir aos que o ouviam nas noites. Eram mensagens bastante significativas que ajudavam no entendimento e na resignação da vida que levavam, mas sem deixar de incentivá-los a procurar uma solução de melhora.

Numa noite quando lia o livro vermelho, como ele apelidou, encontrou um longo relato sobre como e porque ser solidário e prestativo com as pessoas carentes, sem provocar melindre ou ciúmes naqueles que não querem ou não podem ter a mesma prática. E no final vinha uma frase que dizia:

"Tenha cautela ao ser solidário ou prestativo, mesmo com aqueles que necessitam da sua atenção. Uma ajuda mal interpretada pode gerar discórdia e incompreensão."
LGA.

Todos os procedimentos para a matrícula na escola foram feitos, os materiais adquiridos e é dado início aos estudos.

Os primeiros dias são bastante complicados visto que Abajeru já estava há muitos anos fora da escola. Mas Getúlio sempre que necessário dava uma forcinha ao amigo e Abajeru muito esforçado e interessado, facilitava a ajuda.

A procura pelo albergue e pela sopa aumentou bastante, mas os colaboradores também são tantos que se tornou possível fazer revezamento por aqueles interessados no atendimento.

O casal Cléia e José já não são os únicos a cuidar do albergue. Sempre há mais de uma pessoa ajudando Cléia na limpeza e José tem até mais tempo para se dedicar aos cuidados com o jardim.

Abajeru, incentivado pelos amigos a cuidar do seu estudo, também se dedica em criar pequenos viveiros de plantas medicinais no jardim, ajudado por José cuida para que o colorido das folhas e flores ornamente o hotel de maneira a deixá-lo sempre prazeroso para a visita dos hóspedes que nunca deixam de fazer passeios ou de utilizar os quiosques para pequenos trabalhos.

Ao fim da tarde, iniciam o preparo da sopa para servir àqueles que a procuram, que já são muitos, e o casal cuida de cadastrar e acomodar os interessados em pernoitar.

Mas nem tudo segue de forma ordeira.

Numa noite, quando o casal fazia o acolhimento dos que procuraram o albergue, surgiram em meio aos que chegaram anteriormente, dois casais, aparentando vinte e cinco ou trinta anos cada um deles e insistiam em pernoitar no albergue.

José foi quem os atendeu e como de fato, disse-lhes não haver vaga. As quatro pessoas que estavam aparentemente embriagadas, insistiram se exaltando e fazendo ameaças. Abajeru que terminara sua palestra naquele momento presenciou o que estava acontecendo e se dirigiu ao local para socorrer o casal, mas antes pegou algumas folhinhas bem miudinhas no caminho.

UM CURUMIM EM BUSCA DE DEUS

Os dois homens já ameaçavam agredir José que amedrontado tentava argumentar, mas não conseguia entrar em acordo. Abajeru sem falar com ninguém se aproximou da confusão, pediu à Cléia que trouxesse uma jarra d'água e quatro copos e enquanto isso pediu a José que trouxesse quatro cadeiras. Os rapazes ainda estavam exaltados, mas já não ameaçavam ninguém.

Ao mesmo tempo em que Cléia trazia a água, José chegava com as cadeiras. Abajeru colocou uma folhinha em cada copo sem que os quatro percebessem e ofereceu a água a eles. Eles tomaram a água, tentaram argumentar mais alguma coisa, mas já procuraram as cadeiras, sentaram e em pouco tempo estavam os quatro dormindo pesadamente.

Passadas algumas horas, Abajeru e José que permaneceram dentro do albergue vigiando, foram para fora ver como estavam. Só as cadeiras se encontravam no local. Não havia mais viva alma na rua.

Depois de tudo, quando Abajeru foi dormir, ficaram José e Cléia tentando imaginar o que o índio havia dado para aquelas pessoas beberem, mas não chegaram a nenhuma conclusão e nem adiantava perguntar por que ele não revelaria.

Ao amanhecer, Getúlio logo que chegou, foi ao albergue e ficou sabendo do fato da noite. Revelou-se incrédulo, mas disse que não ia perguntar nada ao amigo, pois talvez ele ficasse bravo.

A vida seguindo, passam-se alguns anos e Abajeru já está frequentando a faculdade de medicina de uma Universidade Federal. Isso lhe incomoda um pouco, pois os estudos já não lhe oferecem tempo para cuidar da distribuição das sopas e roupas, nem cuidar do jardim que José assumiu prontamente e com competência. Apenas das plantas medicinais o índio permaneceu cuidando. Mas Getúlio exige muito que ele se dedique apenas aos seus estudos.

Abajeru, que já está no segundo ano, é muito conhecido na universidade, não só por ser índio, mas principalmente por ser inteligente e dedicado. Mas ainda assim permanece muito contido, apesar de falar e se expressar muito bem naquilo que precisa dissertar. Além disso, fala bem outras línguas como inglês e encanta professores e colegas quando discursa no seu dialeto nativo que é o Tupi Guarany. E assim foram terceiro e quarto anos.

Numa manhã Getúlio chega ao hotel, mas vai imediatamente procurar Abajeru no apartamento dele. O índio oferece uma xícara de chá ao amigo e quer saber de novidades.

Getúlio então emocionado confessa ao amigo:

— Marília está grávida.

LUIZ GONZAGA DE ALMEIDA

Depois de sete anos que o mais novo tinha nascido.

Os dois se abraçam e Getúlio então diz:

— Mas tem uma coisa.

Isso assusta o índio, mas ele exclama:

— Calma! Não é nada de ruim.

— Ela quer que você assista ao parto do nosso filho.

O índio que já havia assistido a várias cirurgias, não seria mais uma que iria assustá-lo. Concordou e aceitou o convite.

No jardim do hotel, onde Abajeru criou seu viveiro de plantas medicinais, era onde o índio desenvolvia seus estudos fitoterápicos. Sem deixar que a sua procura se transformasse numa febre para toda e qualquer doença, quando alguém muito próximo precisava ele atendia e indicava uma daquelas plantas que sempre tinha bom resultado.

Passaram-se nove meses. Tudo está seguindo no seu ritmo quando numa madrugada Abajeru é acordado por Getúlio dizendo que Marília já está no hospital para dar à luz. Ele se veste e os dois seguem para acompanhar o parto.

Ao chegar uma enfermeira chama os dois numa sala e lhes oferecem os devidos paramentos para ingressarem no centro cirúrgico. Vem o obstetra e pede à enfermeira que prepare a parturiente.

Tudo vai acontecendo aparentemente normal quando o médico avisa que o bebê está sentado e que a dilatação da mãe não era suficiente. Getúlio fica desesperado porque a esposa não aceitava fazer Operação Cesariana e ele não gostaria de contrariá-la. Sendo assim, o obstetra pediu então o aparelho de fórceps e pediu ao índio, que era seu conhecido da faculdade, que o ajudasse. Abajeru então perguntou ao obstetra:

— O senhor me permite doutor?

O médico olhou para Getúlio que meneou com a cabeça para o médico concordando.

Abajeru dispensou o aparelho de fórceps, vestiu as luvas, e pediu às enfermeiras que pressionassem a barriga de Marília. Logo o bebê estava nas mãos do médico obstetra que entregou ao pediatra e em seguida foi cumprimentar o índio, mais uma vez herói.

Ninguém pediu explicação ao índio de como ele na primeira vez ajudando num parto obteve tanto êxito superando anos de experiência nessa área, mas o obstetra nem quis saber, apenas deu-lhe os parabéns e agradeceu em nome de Deus.

UM CURUMIM EM BUSCA DE DEUS

"É difícil explicar um feito quando ele por si só não apresenta explicação. Quando um fenômeno acontece, não é pela vontade de quem o pratica, mas pela determinação da Divindade Superior." LGA.

Abajeru segue com os seus estudos e com a experiência que vem adquirindo já se arrisca a indicar alguma medicação pelas plantas para alguns casos mais comuns, mas sem deixar de orientar o paciente em ir à procura de um especialista e fazer os exames que ele solicitar.

Getúlio está muito feliz com a atuação do amigo e faz questão de mantê-lo atualizado, seja na aquisição de materiais e livros ou em pagar estudos extraordinários que serão necessários para sua especialização quando for a hora. Além dos estudos na faculdade, muitos cursos surgem paralelamente e que não são baratos, mas Getúlio faz questão de cobrir todo e qualquer custo necessário, uma vez que o índio está também se especializando na área de pesquisas relativas à Fitoterapia. Não só para a cura individual, mas também para a produção de medicamentos derivados das plantas.

Numa manhã, Abajeru saiu caminhando pela cidade e foi se encontrar na feira livre que existia próxima da praça onde ele quase foi preso por ser encontrado dormindo. Ele em outras passagens por ali observou que havia uma banca que vendia ervas e remédios feitos das plantas, mas também viu que tinha muitas irregularidades relacionadas aos nomes de algumas plantas, bem como àquilo a que eram indicadas. Por exemplo, aquelas que teoricamente serviam para tudo e que no seu conceito elas curavam algumas coisas, mas provocavam outras doenças. Tinham efeitos colaterais, mas não estava descrito nas embalagens.

O índio se aproximou da banca e o vendedor veio logo lhe oferecendo plantas que faziam verdadeiros milagres principalmente na questão sexual. Prometia ereção constante, aumento do tamanho e da espessura do pênis e até apontava pessoas famosas que utilizavam aquela planta para suas atividades no cinema, na propaganda ou como garoto de programa.

Abajeru observa, ouve, mas nada comenta.

Quando o vendedor se cansa de tentar influenciar o índio a adquirir qualquer coisa, ele inicia suas correções. É nome errado de planta, outra que está indicada contra uma doença, mas que na verdade fará muito mal para alguém, que de fato tiver uma doença, porque aquela planta altera a pressão arterial e descontrola a glicemia e mais uma quantidade de irregularidades representadas por alguém que apenas sabe vender alguma coisa.

LUIZ GONZAGA DE ALMEIDA

Abajeru se apresenta com documentos de estudante de medicina e algumas credenciais de cursos que fez ou faria, e se propõe a organizar as nomenclaturas e funções de cada uma daquelas especiarias, mas antes, ele explica ao vendedor que não é fiscal de nada e que não está ali para autuá-lo por nada, que apenas quer ajudá-lo a fazer as coisas certas para ele não ter complicações.

O índio então vai analisando as embalagens, modificando os nomes e indicações daquelas ervas que estão ainda em natura. As garrafas que contém os produtos preparados, Abajeru solicita do vendedor que permita que ele leve uma amostra para analisar. Como ele ainda não tem um laboratório próprio, ele propõe levar uma de cada vez para analisar no laboratório da faculdade. O vendedor aceita a proposta e assim será feito.

Com o tempo, todas as embalagens da barraca do vendedor de produtos naturais, vão sendo devidamente identificadas e a aceitação pelos compradores vão se intensificando devido à garantia da qualidade dos produtos, de que servem mesmo para aquilo a que estão sendo indicadas e que fazem efeito.

Sendo assim, quando alguém procura Abajeru com alguma queixa ele encaminha ao feirante com a indicação do produto que deverá ser administrado naquele caso, mas quando há alguma dúvida quanto ao diagnóstico ele imediatamente indica um especialista que na maioria das vezes são médicos que ele conhece.

Aos poucos essa atividade se faz crescer na cidade. A população passa a ter mais confiança nas ervas do vendedor e têm segurança na utilização, pois ele já se habituou a só vender aquilo que o índio identificou e qualificou e dá garantias de que se não fizer bem, mal também não fará.

No albergue tudo segue dentro da normalidade. O número de pessoas vinha aumentando e Getúlio mandou construir mais uma ala para abrigar pelo menos mais dez pessoas e mandou construir mais três banheiros para atender com tranquilidade. Alguns albergados chegavam sujos, barbudos, com as roupas sujas e rasgadas, sem calçados e maus cheirosos. Saiam de banho tomado, com a barba feita, unhas e cabelos cortados, roupas limpas e cheirosas. Dava gosto ver a dedicação e a total falta de preconceito que demonstrava o casal José e Cléia.

A direção do hotel através do seu principal proprietário, o Pedro, reúne sua diretoria e comunica que ele e Getúlio em reunião chegaram à conclusão de que em virtude da grande evolução da procura por novos hóspedes e para melhor atendimento, eles adquiririam outro hotel em outra região da cidade e que iriam ter de contratar outros funcionários.

UM CURUMIM EM BUSCA DE DEUS

Com isso pediu aos empregados que participassem dos cursos que a empresa estaria disponibilizando gratuitamente aos interessados para serem aproveitados numa possível promoção. Que seriam promovidos aqueles que já estavam com eles e que tivessem bom aproveitamento nos cursos.

Fez-se um rebuliço, no bom sentido, entre os funcionários que já tinham o hotel como sua segunda casa e que uma promoção viria em boa hora.

Dada a grande experiência que a maioria dos funcionários adquiriu no transcorrer do tempo de serviço dedicado à empresa, quase todos alcançaram bons aproveitamentos nos cursos e àqueles que tiveram dificuldades foi disponibilizado uma segunda oportunidade. Assim, todos foram aproveitados, cada um na sua especialidade e os novos admitidos ocuparam as funções dos que foram promovidos e que tiveram de serem remanejados para o novo empreendimento adquirido.

O "Novo Hotel", como foi denominado, logo começou a adquirir expectativa de antigos e novos clientes, pois sabendo que a administração era a mesma do "Hotel dos Navegantes" acreditavam na qualidade dos serviços.

Apesar do novo hotel não ter um jardim tão suntuoso como o que Abajeru transformou e que José vem conservando muito bem, possuía uma área arborizada que se podia transformar em um de menores proporções. Abajeru assessorado por José assumiu a coordenação da construção do novo jardim, pois se tornara marca registrada da empresa e em pouco tempo já havia um pequeno parque junto ao novo hotel e que em breve seria inaugurado com a nova direção.

Numa noite festiva acontece a reinauguração do "Novo Hotel". São convidados amigos, fornecedores, prestadores de serviços e autoridades para participarem de um coquetel onde é servido grande quantidade de quitutes e champanhe à vontade. São feitos alguns discursos por parte de autoridades e foi convidado o Abajeru para falar pela empresa e o convite partiu de Pedro, surpreendendo Getúlio de forma satisfatória.

Ele preparou sua fala baseado num texto que lera no livro "vermelho", e que dissertava sobre o crescimento e a evolução do ser humano. E no final havia uma frase que dizia:

"Nada cresce ou evolui de fora para dentro. Toda evolução ou crescimento tem de ter início no interior, que é onde tudo começa. Assim, para que o externo evolua e cresça, o interno tem de estar devidamente evoluído e crescido". LGA.

Sócrates já dizia: *"Só o que vem do interior é verdadeiramente inteligência".*

LUIZ GONZAGA DE ALMEIDA

E após a fala do índio, Pedro dá por encerrada a cerimônia.

Mas, "nem tudo é mar de rosas", já dizia um poeta. Com toda evolução e crescimento, a atenção das pessoas e dos órgãos de comunicação passam a serem mais constantes e com isso notícias chegam aos ouvidos e aos olhos de todos os curiosos, mas também daqueles que têm particular interesse nos fatos.

Quando tudo toma seu rumo e parece que atinge a normalidade, é que começam a surgir às intempéries com novos problemas.

Numa manhã, o "Hotel dos Navegantes", é visitado por dois senhores trajando terno e gravata e solicitam uma reunião com os diretores. Pedro que acabara de vir do café pede que aguardem uns minutos enquanto chama Getúlio para participar.

Convidam os homens para a sala de reunião e esses se apresentam. Um deles diz ser advogado de Sérgio, o irmão de Pedro e de Getúlio que está preso e o outro exibe uma procuração pela qual ele está legalmente nomeado para cuidar dos bens do rapaz e que todas as procurações anteriores estariam também legalmente canceladas.

A indignação toma conta de Pedro e Getúlio, não pelo irmão reivindicar seus direitos, mas em razão de que ele por livre e espontânea vontade abrira mãos de todos os seus direitos em favor de Pedro e Getúlio. Mas a indignação é principalmente em razão de ter acontecido à revelia dos dois uma vez que não seria problema para Pedro e Getúlio devolver ao irmão tudo que lhe pertencia por direito, pois eles se resguardaram para essa eventualidade.

Getúlio então solicita dos homens cópias dos documentos que estão em suas posses eles, entregam ao Getúlio que não aceita pede que o acompanhem com os originais para que ele mesmo retire as cópias. Eles vão a um escritório do hotel onde há uma copiadora e Getúlio copia todas as folhas e devolve os originais. Em seguida diz aos homens que vai tomar as providências e que faria contato com eles.

Os irmãos voltam a se reunirem para analisar os documentos e encontram muitas irregularidades. Principalmente nas rubricas que não batem com as tradicionais do Sérgio. Mas as assinaturas são corretas, pois foram autenticadas em cartório, portanto não havia dúvida de eram do próprio punho do irmão.

A primeira providência dos irmãos é procurar um escritório de advocacia de amigos de Getúlio para se informarem melhor da veracidade daquela documentação e se certificarem de que não haveria fraude e se seria possível desfazer aquela situação caso fosse constatado irregularidades.

UM CURUMIM EM BUSCA DE DEUS

O advogado amigo de Getúlio faz uma leitura dos documentos e constata que não há nenhuma irregularidade. Que os termos estão legais, o que ele não poderia afirmar é se as rubricas eram autênticas, pois só o próprio Sérgio poderia confirmar ou não a sua autenticidade, mas confirma também que aqueles documentos permitem aos portadores tomarem posse de tudo que pertença ao Sérgio, inclusive de tudo que os irmãos adquiriram depois dele ter sido preso.

Pedro e Getúlio contam ao amigo advogado que não é que estivessem evitando entregar ao irmão o que lhe pertenceu um dia e que ele abriu mão por decisão própria. Que não haveria nenhuma dificuldade em entregar ao irmão tudo que fosse dele, pois os dois não se dispuseram de nada do que ele teria direito justamente prevendo uma situação dessa natureza. Mas eles têm certeza de que algo anormal esteja acontecendo, porque o irmão fora procurado pelos dois por mais de uma vez na tentativa de dissuadi-lo de tal atitude e que ele insistiu em fazê-lo.

No outro dia Getúlio não satisfeito com as argumentações do advogado procura um promotor muito amigo dele e pede uma audiência.

O promotor o recebe na mesma hora e se diz muito feliz em vê-lo. Getúlio também se demonstra feliz e relata o que está acontecendo. O promotor é o mesmo que representou a justiça e apresentou as acusações contra Sérgio e conhece bem a família.

Então ele aprecia a documentação e diz ao Getúlio que primeiro ele deveria procurar o irmão na cadeia e ouvir diretamente dele. Depois, que mesmo que o irmão confirmasse tudo, que ele pedisse uma análise grafológica para a constatação porque muitas fraudes já estavam acontecendo nos presídios onde bandidos que tinham livre acesso aos presos, com variadas justificativas de ajuda jurídica ou até religiosa.

Continua a descrever o promotor.

Eles conseguiam convencer presidiários que tinham posses a doá-los a uma ONG ou igreja qualquer, pois essas entidades garantiriam a eles reintegração na sociedade, ou os convenciam de que não sairiam mais do presídio, por isso, não precisariam mais dos bens que possuíam.

Os irmãos Pedro e Getúlio estavam buscando todos os recursos possíveis para depois procurar Sérgio e saber de suas próprias palavras o que estava acontecendo. E no caso de confirmação feita pelo irmão eles entregariam tudo o que era dele se assim fosse sua vontade.

Seguem os dois na busca da informação precisa com o irmão.

LUIZ GONZAGA DE ALMEIDA

Eles chegam, Getúlio se apresenta como advogado e Pedro como irmão de Sérgio para evitar constrangimento que sempre acontece. Da primeira vez que Getúlio foi visitar o irmão houve até desentendimento com o diretor do presídio. Ele chegou a dizer ao negro:

— Você está aqui para quê?

— Vai ajudar em alguma fuga?

Só porque Getúlio vestia roupas esportivas, calçava tênis colorido. Mas o negro sempre carregava no carro roupas formais para uma eventualidade dessa natureza. Então retornou ao carro vestiu terno e gravata e voltou a se apresentar ao tal diretor. Ele só não fez uma queixa formal contra o tal diretor para que não houvesse retaliação contra o irmão.

Mas desta vez não foi preciso porque o diretor já o conhecia e permitiu que os dois entrassem naturalmente.

Sérgio quando os vê mostra um brilho intenso nos olhos de alegria, isso deixa os irmãos preocupados. Abraçam-se e comemoram o encontro como se nada tivesse acontecendo e diz aos irmãos que está muito feliz porque está para conseguir prisão condicional. Eles festejam tudo, mas logo Pedro entrega os documentos ao irmão e pergunta se ele reconhece. Ele olha, confere, balança a cabeça negativamente e diz aos irmãos:

— Não era isso que ela me falou.

— Ela quem?

Os dois perguntam quase que ao mesmo tempo e ele responde:

— Janaina a minha namorada. Aquela que foi sua namorada, Getúlio.

E Getúlio pergunta:

— Você e Janaina estavam namorando?

E Sérgio responde:

— Sim. Depois que você sumiu, nós nos encontramos e começamos a namorar.

E é Pedro quem pergunta:

— Mas você assinou isso? Passou tudo que era seu para o nome dela?

E Sérgio responde:

— Não. Antes de eu ser preso, nós estávamos falando em casamento. Então compramos um apartamento e um automóvel em nome de nós dois.

Continua Sérgio:

UM CURUMIM EM BUSCA DE DEUS

— Um dia ela esteve aqui com o pai dela e um advogado pedindo que eu abrisse mão daqueles bens em favor dela. E tentando consertar os meus erros concordei e assinei. Mas só havia uma folha, que é essa última.

De fato, na última página dizia que: "... Ele também declinava daqueles bens em favor dela". Mas na página anterior, constava que: "... Além dos bens resultantes de herança familiar aos quais ele transferia a posse...".

Aí Pedro pergunta:

— Mas, e as rubricas? Você as reconhece?

Ele então indignado garante:

— Eu nunca assinei assim. E nem nomeei nenhum advogado. Meu advogado continua sendo Getúlio.

E Getúlio então conclui:

— Isso é o bastante.

Em seguida pede que Sérgio assine um termo de não reconhecimento das rubricas constantes naqueles documentos. Ele assim o faz, falam sobre outros assuntos e logo um agente vem lhes dizer que está na hora de deixar o presídio. Eles se despedem e vão procurar a saída.

Logo que chegam à cidade, Getúlio procura um perito e solicita uma perícia grafológica e uma comparação dos traçados da assinatura e das rubricas e o resultado é negativo. Ou seja, não são da mesma pessoa.

No dia seguinte o suposto procurador e o advogado, retornam ao hotel para dar continuidade ao processo. Pedro pede que eles aguardem enquanto Getúlio comunica a polícia da presença dos meliantes. Alguns minutos após, chega uma viatura da polícia trazendo quatro policiais e prendem os falsários.

Após todos esses fatos, Getúlio procura Abajeru para conversar sobre o ocorrido. O índio serve ao amigo o seu famoso chá matinal e inicia-se então uma conversa.

Ele fala do que pretendiam os falsários, de como eles convenceram Janaina a participar da fraude escondendo dela o que estavam pretendendo. Contou que esteve com ela na delegacia e que ela disse que fora convencida pelo pai a pedir a liberação do apartamento e do automóvel. Que ela havia estado no presídio, que conversou com Sérgio e que ele concordou. Em seguida o pai dela procurou aquele advogado para cuidar da liberação e ele com o outro, que se dizia procurador, armaram toda aquela falcatrua.

LUIZ GONZAGA DE ALMEIDA

Após a narrativa do amigo, Abajeru abre o livro aleatoriamente e lê uma mensagem que fala justamente sobre propriedades, sobre direitos e embargos e em seguida traduz de acordo com seu entendimento.

Diz o Índio que ali está explícito que:

"Tudo que nos pertence por direito, se não quisermos, nunca perderemos. O que se concede ao outro por ajuda ou gratidão, um dia, de alguma forma, será restituído ao dono legítimo". LGA.

E explica o índio que isso vale para o bem e para o mal. Depende da condição em que se está aplicado.

Se tudo o que Sérgio disponibilizou aos irmãos foi de coração, nunca ou ninguém conseguirá se apossar. Só eles, Pedro e Getúlio, poderão restituir ao irmão se por bem acharem de conveniência ou necessidade. Getúlio agradece ao amigo e se despedem.

Embora Getúlio amasse e considerasse o índio como um irmão, interiormente, começa a levantar algumas suspeitas, no bom sentido, sobre o tal "livro de Abajeru". Ele esteve com o exemplar nas mãos, mas naquele momento não teve tempo nem curiosidade em folheá-lo ou verificar do que se tratava.

Mas, após mais de dez anos que Abajeru iniciou a leitura daquele livro, ele nunca repetia um assunto ou uma mensagem. Que por tudo que ele já havia lido e comentado, um livro teria de ter mais de mil páginas, e que ele aparentava ter no máximo duzentas páginas. Mas, como alguém escreveu um dia, *"a curiosidade quando não mata aleija"*, Getúlio deixa a companhia do índio encafifado com o assunto.

Nesse dia Abajeru tem o inicio das provas finais do curso e tem de se preparar com muito empenho como sempre faz. É o último ano, ele já iniciou fazendo residência num hospital da cidade e logo cursará a especialização pretendida que é na área de cirurgia e clínica geral e estará apto para desenvolver suas pesquisas e os atendimentos aos que o procurarem, de maneira justa e legal, onde ele não vai ter de se preocupar mais com inconformismos ou ciumeiras.

Assim acontece. Abajeru conclui o curso de medicina com louvor. Conclui a especialização e inicia a preparação para a defesa da tese de doutorado. Sua tese tem como tema a cura pelas plantas. Abajeru reúne vários depoimentos, entre eles os de Getúlio no caso do corte da sua perna e do homem mordido pela cobra, de Pedro e do seu médico que viera saber do tratamento aplicado pelo índio dias depois. Além dos documentos como as chapas radiográficas de Pedro e de um menino, de família muito humilde, que apresentava um caso de Tênia Solium (a solitária), transmitida pela carne do porco e que fora eliminada com um tratamento aplicado pelo índio.

Para a formatura e a colação de grau, Getúlio foi convidado para ser o padrinho do amigo e Pedro preparou uma suntuosa recepção aos amigos do formando no salão de festas do hotel. Alguns colegas formandos foram convidados por Abajeru para participarem das comemorações e receberam as mesmas reverências que o anfitrião.

Não obstante a tantas alegrias pela formatura do novo doutor Abajeru e o sucesso do Novo Hotel, as boas notícias não cessam de chegar.

Numa segunda-feira logo após o almoço, Pedro recebe uma ligação telefônica de alguém que se identifica como diretor do presídio onde se encontra o irmão Sérgio. Mas ao atender é o próprio Sérgio quem fala:

— E aí irmão? Como está indo?

E Pedro sem entender, pois nunca havia recebido uma ligação do próprio irmão, era o diretor ou um dos agentes que ligava quando ele precisava de alguma coisa. Mas ele responde com muita alegria e Sérgio então comunica:

— Irmão. Eu estou liberado. Vou cumprir prisão condicional.

— Você pode me buscar?

E Pedro muito eufórico diz ao irmão:

— Só se for agora.

— Vou chamar Getúlio e iremos nós dois agora mesmo. Aguarde-nos.

Desliga o telefone no mesmo momento que Getúlio entra na sala, e Pedro informa:

— Sérgio está saindo para a condicional. Vamos buscá-lo.

Não houve nem tempo de Getúlio dizer bom dia e Pedro já mandou preparar o helicóptero, pegou o paletó e chamou Getúlio que exclamou:

— Demorou!

O presídio ficava numa outra cidade e a viagem durava em torno de vinte e cinco minutos de helicóptero. Mas no percurso eles foram falando da alegria e traçando planos para o acolhimento do irmão.

Quando chegaram ao presídio, Sérgio já os aguardava no lado de fora e a ansiedade em ver os irmãos fora daquilo ali era imensa. Quando desceram, correram para abraçá-los e foi um choro só de tanta emoção. Os dois por ter o irmão de volta e Sérgio por sentir a grande recepção que estava tendo sem nenhuma demonstração de mágoa da parte dos dois.

LUIZ GONZAGA DE ALMEIDA

Ao chegar ao hotel, Sérgio fica encantado com a evolução do patrimônio nos quase vinte anos que esteve fora, ou preso, e parabeniza os irmãos pelo trabalho executado e lembra que seus pais estão muito felizes com os dois, estejam onde estiverem.

Em seguida Pedro e Getúlio vão mostrar a parte interna do hotel e o leva para conhecer o novo jardim. Ele se emociona por ter sido aquele jardim, a menina dos olhos da mãe dos três. Diz que só um grande artista poderia transformar o que era naquilo tudo. E Getúlio então exclama:

— Venha conhecer o artista então.

E levam Sérgio para conhecer Abajeru, agora doutor, que está de saída para as últimas atividades na faculdade. Ele, solicitado pelo reitor, iniciou num curso técnico de análises clínicas, estudo de como analisar as propriedades de plantas importantes. Mas tem um tempo para recepcionar o irmão daqueles que ele tem como também seus irmãos. E Sérgio surpreendentemente solicita de Abajeru que ele o ensine a cuidar de plantas para ele se dedicar àquela atividade, se os irmãos permitirem. Abajeru afirma positivamente, mas os irmãos ficam reticentes.

Quando Abajeru deixa os três em direção à faculdade, Pedro chama Sérgio para uma conversa em sua sala no hotel.

Os três se fecham na sala e Pedro pergunta ao irmão recém-chegado quais seriam suas pretensões, uma vez que parte do patrimônio, mesmo ele tendo declinado dos seus direitos, ainda pertencia a ele. Mas Sérgio insiste na sua propositura e confirma que o que está feito, está feito. Que ele só queria um trabalho para a sobrevivência própria e para justificar a condição de preso albergado, pois teria que dormir no presídio albergue que havia na cidade. Que ele só precisaria de alimentação, assistência jurídica e médica. Mas ele pagaria com seu trabalho que poderia ser nos cuidados com o jardim. Pedro olha para Getúlio, dá uma piscada e fala:

— Que seja assim, então.

A tarde vai caindo e Sérgio inicia a preparação para ir dormir no presídio albergue. Getúlio se encarrega de levá-lo em seu carro, mas Pedro pede a ele que retorne ao hotel em seguida, pois tem algo para conversar. Getúlio assim o faz, deixa o irmão no seu destino e retorna.

Chegando ao hotel Getúlio procura por Pedro e tem notícia de que o mesmo o espera no restaurante para um café. Getúlio se dirige a uma lanchonete que tem um local reservado e encontra o irmão que diz a ele para pedir seu café para que ele iniciasse o assunto que teriam de tratar.

UM CURUMIM EM BUSCA DE DEUS

Getúlio já imaginava que se trataria dos destinos de Sérgio, mas esperou Pedro dar início ao assunto. E Pedro então passa a relatar o que pretendia e depois gostaria da opinião do irmão.

Pedro fala a Getúlio então que a princípio gostaria de comprar uma casa para Sérgio para que o irmão possa ter um lugar para se acomodar durante os dias, quando não precisar ficar no presídio albergue. Gostaria de levá-lo ao Shopping Center para um banho de loja e lhe oferecer uma função na diretoria do hotel. E pergunta:

— O quê você acha?

Getúlio se levanta, pede para Pedro se levantar coloca as mãos sobre seus ombros e diz:

— Uma vez você me falou:

— "Não diga eu farei".

— "Digamos, nós faremos".

Abraçam-se e em seguida se despedem, mas antes de sair Getúlio pergunta ao Pedro:

— Como que o Sérgio virá para o hotel amanhã?

E Pedro responde:

— Ele me pediu uns trocados e disse que quer vir de ônibus, sozinho. Que quer que seja assim todos os dias. Tanto para ir quanto para voltar.

Getúlio então exclama:

— Está certo então!

"A solidariedade quando é pura e sincera, transforma a mais dura existência em pequenos fardos de algodão". LGA.

Assim leu Abajeru para Getúlio logo que ele chegou ao hotel e o procurou para o chá que já se tornara tradicional. Aí Getúlio pede ao índio para ver o livro do qual ele tanto divulga suas escritas. O índio então pega o livro e entrega ao amigo que leva um tremendo susto. Apenas as primeiras páginas onde se encontra o prefácio estão preenchidas. As demais estão totalmente em branco.

O rapaz de negro fica branco e pergunta:

— Como pode isso?

E Abajeru devolve a pergunta:

— Pode o quê?

Getúlio reafirma:

LUIZ GONZAGA DE ALMEIDA

— Não tem nada escrito.

E o índio muito tranquilamente responde:

— Você não vê, mas tem. E dá um sorriso.

Getúlio deixa quase que correndo o apartamento do índio. Vai para a sala do irmão, onde Sérgio já se encontrava presente e pergunta ao Pedro:

— Você já parou para pensar em como nossas vidas mudaram depois que Abajeru aqui chegou?

E Pedro confirma:

— Nós estávamos falando dele aqui agora.

E pede a Sérgio que fale ao irmão o que ele lhe havia contado.

Sérgio então repete ao Getúlio o que disse ao Pedro:

— Durante algumas noites antes de dormir, eu tinha a impressão que havia um homem na minha cela que não era nenhum dos meus companheiros. E continua:

— Nas primeiras duas noites, eu fiquei muito assustado porque pensava ser alguém tentando me fazer alguma coisa ruim. Sérgio segue relatando:

— Mas na última noite em que apareceu, ele levantou a mão direita e estendeu em minha direção e fez um gesto como se tivesse me pedindo para esperar, para eu ter paciência. Continua o relato:

— Dormi muito bem à noite, no dia seguinte, acordei com uma sensação muito tranquila, com a impressão de que algo bom iria acontecer. Logo vem um dos agentes da prisão e me diz que ouvira do diretor que eu teria direito à prisão-albergue.

E Pedro então interfere:

— Conta o principal.

E Sérgio emocionado revela:

— Ontem, quando conheci o índio, percebi muita semelhança com o homem que me visitou em todas aquelas noites, mas achei que era apenas impressão. Hoje ao refazer as imagens na minha mente pude constatar que de fato era ele.

Os irmãos ficam como que petrificados por alguns segundos e retomando os sentidos Getúlio revela o que viu no livro de Abajeru. Que a maioria das páginas estava em branco.

"Nem tudo que parece irreal pode ser desconsiderado, quando temos a certeza da existência de um Ser Supremo". LGA.

UM CURUMIM EM BUSCA DE DEUS

Logo após esses fatos, Pedro pede a palavra e descreve ao Sérgio o que ele e Getúlio decidiram. Conta sobre a aquisição de uma casa para ele morar e dele participar da diretoria da empresa. Primeiro ele faria uma adaptação porque devido ao longo tempo de ausência, muita coisa havia mudado e ele precisava adquirir novos conhecimentos.

Sérgio então diz aceitar, mas com algumas condições. Primeiro seria que ele pudesse escolher a casa e a mobília e que seria o mais simples possível, segundo, que ele gostaria de ter um tempo para ajudar nos cuidados com o jardim e terceiro é que ele não aceitaria qualquer cargo de patrão. Que queria ajudar de todas as maneiras, mas que fosse como um trabalhador comum e ganhando na mesma proporção dos demais. E concluiu:

— Não quero ser patrão.

E Pedro justifica:

— Irmão, nós estamos muito ricos e tudo que era seu antes do que houve, continua intacto. Não mexemos em nada.

Mas Sérgio insiste:

— Vai continuar como está. Só se eu constituir uma família e minha esposa e filhos precisarem de algumas ajudas e vocês por decisão própria quiserem fazer por eles, eu aceitarei. No mais, o que vocês fizeram, fazem e estão propondo fazer por mim é mais do que eu mereço e necessito no momento.

E Sérgio conclui:

— A minha maior fortuna são vocês, meus irmãos!

"Bens supervalorizados, tendem a desviar a conduta do seu possuidor. Só aquilo que dispomos a quem necessita, de fato tem o devido valor". LGA.

Esse pensamento estava escrito numa folha de papel que uma camareira do hotel acabava de trazer e ao entregar ao Sérgio diz:

— Foi o doutor Abajeru que mandou entregar ao senhor.

Sérgio lê e passa aos irmãos que ao lerem também, só têm suas dúvidas aumentadas com relação às tendências, conceitos e crenças do índio. Ele que fora expulso de uma igreja, em outra teve experiência traumatizante, que nunca havia estado em qualquer centro ou terreiro de qualquer seguimento espírita que fosse. O que existiria naquele ser de tanta influência positiva sobre as demais pessoas, que tão bem fazia a todos que o cercavam ou o procuravam?

Após essa reunião, Getúlio deixa a sala, mas não consegue se desvencilhar de um pensamento ligado ao irmão Sérgio. "Se ele queria se redimir totalmente do mal que havia praticado à sociedade e à família, não era ali no interior do hotel que lhe seria proporcionado essa oportunidade."

Mais tarde, chegando a casa, senta no sofá da sala para ver um pouco de TV com os filhos e a esposa, mas não consegue se concentrar na imagem nem no som que vem do aparelho. Sendo assim pede licença aos filhos e chama a esposa para se recolherem ao quarto de dormir.

Ao chegar ao quarto ele se senta na cama e pede para a esposa sentar-se ao lado dele. Ela o faz e ele começa dizer a ela o que está o incomodando e pede ajuda. A esposa a princípio fica apreensiva, mas ele diz:

— Fique calma. Não é nada com você ou com nossos filhos.

Então ele conta a ela o que está deixando-o preocupado.

"Diz que Sérgio está realmente tentando fazer alguma coisa que traga uma compensação aos males que ele praticou no passado. Mas que não é só ele se reintegrando à sociedade que trará descanso e a certeza de que tudo está desfeito".

E a esposa lhe diz:

— Mas ele só conseguirá esse feito se inverter os processos.

— Como assim? Pergunta Getúlio.

E ela responde:

— Ele precisa se dedicar a alguma coisa que o faça sentir-se útil, prestando serviço de utilidade a quem necessita. Não sendo útil só a ele mesmo.

E Getúlio abraça a esposa e diz:

— Mas era isso que eu precisava ouvir. Sabia que tinha de fazer alguma coisa, mas não conseguia pensar em quê. Agora eu já sei. Obrigado querida!

Aí Getúlio mais tranquilo com as ponderações da esposa, em quem ele confia muito, consegue uma bela noite de sono. Ao amanhecer, espera pelos filhos para levá-los à escola de cada um deles, em seguida beija a esposa e sai.

Depois de deixar os filhos em suas escolas, ele se dirige ao hotel, mas antes vai tomar o tradicional chá com Abajeru e entre um assunto e outro ele fala da sua preocupação com Sérgio.

Abajeru ouve o amigo em silêncio, faz uma expressão de pensamento e diz em seguida:

— Ele precisa de muito apoio para se concentrar na sequência da vida. Ele está muito preocupado em compensar o mal que fez às pessoas.

E continua:

UM CURUMIM EM BUSCA DE DEUS

— Ele só vai conseguir amenizar seu sentimento de culpa, se praticar um bem considerável que leve as pessoas a perceberem sua verdadeira intensão e seu novo procedimento. Só uma ajuda aqui ou outra ali não será suficiente.

"A relevância de um serviço só é considerado quando atende a uma grande parte dos necessitados. Quando é individual, só releva àquele que fora atendido".

LGA.

Sem perder tempo, Getúlio se despede de Abajeru que já se dirigia ao hospital onde faz alguns atendimentos diariamente, procura Pedro e pede a sua atenção.

Diz Getúlio ao irmão que eles poderiam ampliar o salão em que eram distribuídas as sopas e passarem a servir refeições diárias no horário de almoço a um preço bastante simbólico que atendesse àqueles que procurassem, mas principalmente os necessitados. E que à noite continuariam com as sopas e as roupas usadas. Que Sérgio poderia dirigir esse empreendimento.

Pedro aprova a ideia, mas diz que primeiro precisa consultar Sérgio e saber sua opinião. Que por se tratar de algo muito sério, que teria de ser dirigido por alguém muito comprometido com o objetivo. Getúlio concorda.

O projeto é recebido por Sérgio com muita alegria e satisfação. Ele diz que está disposto a qualquer atividade em que possa demonstrar às pessoas e a ele mesmo sua intensão em provar que o que fez de errado não passou de um deslize momentâneo e que não mais acontecerá. Quer provar a todos sua bondade e seu desprendimento em ser solidário com os necessitados.

Ele pede para assumir também a coordenação da distribuição da sopa e de roupas aos necessitados, o que lhe é concedido uma vez que Abajeru, apesar do esforço, raramente tem tempo. É dado início a ampliação do salão em que é distribuída a sopa todo fim de tarde.

Sérgio encontrou uma casa bem modesta, mas muito bonita e aconchegante. Foi às lojas e adquiriu todo o mobiliário e todos os utensílios necessários para uso diário, pois tinha esperança de que em breve poderia ocupá-la de dia e de noite.

Dias, semanas, meses se passaram e já a quase um ano do início dos projetos, tudo vai funcionando muito bem. O Novo Hotel sobrando hóspedes assim como o Hotel dos Viajantes, o almoço diário aos necessitados sendo servido a um preço muito simbólico e àqueles sem condições de nem isso pagar, que é a maioria,

LUIZ GONZAGA DE ALMEIDA

são oferecidas cortesias. Periodicamente são visitados por agentes da prefeitura que fiscalizam a limpeza e a higiene que classificam como excelente. Sérgio muito prestativo, cuidadoso, atencioso, dá mostras de uma felicidade como a muito não tinha.

Mas não era só isso.

Numa manhã muito chuvosa, o salão do almoço comunitário como o denominara estava lotado até mesmo por alguns que se protegiam da chuva, quando de repente aparece o agente da condicional de Sérgio que o deixa preocupado.

O agente se aproxima de Sérgio, estende a mão para cumprimentá-lo. Sérgio repete o gesto e o cumprimenta. Então o agente diz a ele que o juiz esteve ali observando e que estava agora almoçando no restaurante do hotel. Que pediu que Sérgio fosse falar com ele.

Sérgio o faz imediatamente.

Ao se aproximar da mesa em que se encontra o magistrado, Sérgio cumprimenta-o de longe demonstrando respeito e o juiz pede para ele se aproximar. Em seguida chama o garçom, pede a conta e se dirige a Sérgio indicando a cadeira para ele se sentar e diz:

— Eu já tinha enviado um oficial de justiça por duas vezes para fiscalizar sua atuação e comportamento. As notícias que recebi foram tão boas que resolvi eu mesmo verificar. O que percebi foi que sua conduta é de quem merece uma progressão de pena. Portanto, a partir de hoje você estará em prisão domiciliar. Você deverá comparecer à delegacia de polícia para adquirir e fixar uma tornozeleira. É o que tinha para lhe dizer. Boa tarde e parabéns pelo seu senso de altruísmo e coragem. É digno de liberdade que não demorará.

Sérgio cumprimenta o juiz e se despede, mas não se aguenta de felicidade. À distância estavam Pedro e Getúlio que vendo aquela cena já esperavam para saber do irmão o que estava havendo, mas a alegria estampada no rosto de Sérgio deixava claro que era algo muito bom. Eles se abraçam e Sérgio vai contando o que aconteceu ali. Que nunca mais ficaria encarcerado. E Getúlio exclama:

— Se Deus quiser!

— E Ele quererá! Exclama Pedro.

"Deus está presente em nós. Basta que queiramos expressá-lo."
LGA.

UM CURUMIM EM BUSCA DE DEUS

Quando tudo está seguindo uma linha de progresso e tranquilidade onde são servidos mais de quinhentos pratos de almoço e quase duzentos pratos de sopa todos os dias, o albergue abriga de vinte a trinta pessoas por noite, Sérgio arranja uma namorada e logo se decidem casar. Getúlio aproveita o novo compromisso do irmão e a deixa do juiz quando afirmou que Sérgio merecia sua liberdade definitiva e entra com um pedido de soltura do irmão e o magistrado concede.

Abajeru convoca uma reunião com os irmãos. Esse fato por ser inédito causa muita estranheza, mas principalmente em Getúlio, que era o mais próximo do agora doutor.

Os quatro se reúnem logo após o almoço e Abajeru anuncia que vai deixar a cidade. Que vai procurar sua tribo e talvez prestar serviços médicos às tribos da região.

Getúlio pergunta se ele não está se precipitando na sua decisão.

Ele confirma que assim que se formou, começou a pensar mais decididamente. Agradeceu muito por todos os benefícios que recebeu dos irmãos. Da amizade familiar que lhe fora proporcionado, mas que naquele momento sua missão ali havia terminado e ele precisaria ir à busca da aplicação de todo o conhecimento que adquiriu em benefício daqueles que necessitam. Que não pretende que tudo que ele recebeu de forma espontânea e gratuita fique estagnado no seu íntimo. Que ele tem de oferecer as dádivas em retribuição dos que lhe deram todas as oportunidades para que ele evoluísse. Que tudo que lhe oportunizaram, ele quer transferir aos que necessitam, em nome dos que fizeram por bem apoiarem-no de todas as formas, mas principalmente permitindo que tivesse acesso ao desenvolvimento da moral, da educação e do respeito ao semelhante.

Pedro então solicita:

— Diga para onde você vai para que possamos levá-lo, pelo menos.

E o índio recusa dizendo:

— Agradeço por isso também, por estarem preocupados com aquilo que terei pela frente. Mas, eu quero retornar às minhas origens da mesma forma que sai. Procurando os caminhos, os lugares e as pessoas certas.

E continua Abajeru com a despedida:

— Como deixei minha aldeia, minha tribo e minha família aos oito anos de idade procurando um caminho ou um destino, quero retornar procurando tudo, mas já conhecendo como e por onde, embora eu não conheça "ainda", quem eu esperava encontrar.

LUIZ GONZAGA DE ALMEIDA

Quando Getúlio procura Abajeru na manhã seguinte para o tradicional chá matinal, já não o encontra. José e Cléia o comunicam que ele saiu antes que amanhecesse. Só disse adeus aos dois e saiu sem levar os seus pertences. Apenas portava uma mochila, mas que nenhum dos dois sabia o que ela continha.

Getúlio sabia que possivelmente nunca mais veria o amigo. Assim como ele deixou a família aos oito anos de idade e foi aventurar pelo mundo sem conhecer ninguém para orientá-lo, não seria agora com todo conhecimento e experiência que alguém conseguiria persuadi-lo a desistir daquele intento, mesmo que ele tenha afirmado ter uma grande dívida de gratidão com ele Getúlio e seu irmão Pedro. Ainda assim saiu pela cidade a procura nas ruas, no aeroporto, na rodoviária, pois gostaria de, pelo menos, um último adeus. Foram muitos anos de convivência desde o encontro na fazenda de escravos até o reencontro e o tempo que conviveram a partir daí. Mas sem nenhuma esperança em voltar a vê-lo exclama em pensamento:

— Vai com Deus, amigo!

"As amizades acontecem em qualquer banco de escola, num estádio de futebol, dentro de um transporte público, numa fila de banco ou do supermercado. Mas, a grande amizade é forjada nas adversidades, nas desesperanças ou no pior momento, em que a pessoa imagina que tudo está destruído." LGA.

As pretensões do doutor dali para frente é desconhecida em razão dele não falar muito, mas principalmente por não informar ninguém o que ele pretende ou deseja. Quando percebem já está feito.

Como de início, quando saiu de casa ainda menino, ele vai de carona em carona buscando chegar a algum lugar em que ele possa iniciar sua nova empreitada que é a de prestar serviços às comunidades carentes.

Após muitas horas de caminhada, caronas, dormidas ao relento, ele acaba conseguido uma carona em um caminhão que transportava uma mudança e que levaria para uma cidadezinha a alguns quilômetros de onde ele estava.

Ao chegar ao destino da mudança, logo na entrada Abajeru vê três viaturas de atendimentos médicos estacionadas num posto policial. Ele pede ao motorista que o deixe ali mesmo. Despede-se, agradece e vai em direção de algumas pessoas vestidas de branco que pareciam serem trabalhadoras da saúde.

Estava acontecendo uma fiscalização para controle de endemias e estavam aplicando vacinas contra febre amarela e outras doenças transmitidas por mosquitos.

UM CURUMIM EM BUSCA DE DEUS

Ele se aproxima e pergunta quem é o responsável. Um enfermeiro indica um senhor que estava de costas e fala:

— É o Doutor Jacinto.

Abajeru vai então em direção do Doutor Jacinto e se apresenta ao médico dizendo:

— Bom dia Doutor.

O médico o cumprimenta também de forma simpática e pergunta:

— Em que posso ser-lhe útil?

E Abajeru responde:

— Eu é que desejo ser útil.

E o médico retorna a pergunta:

— De quê forma você pode ter utilidade?

E Abajeru lhe descreve suas pretensões em ajudar apresentando seus documentos, diplomas, certificados, mas principalmente seu certificado de doutorado de uma Universidade Federal.

O Doutor Jacinto sorri para Abajeru e lhe diz:

— Doutor Abajeru. É assim que pronuncia seu nome? Não é?

Abajeru confirma com a cabeça e o médico continua:

— Eu teria um imenso prazer em tê-lo na minha equipe, mas isso não depende de mim. O senhor teria que prestar um concurso da secretaria para ser admitido na equipe. E segue:

— Aqui eu só posso aceitá-lo como voluntário se o senhor quiser, para auxiliar na aplicação de vacinas. Mas eu só posso lhe oferecer um jaleco e um almoço nos dias que o senhor participar.

Abajeru muito satisfeito aceita as condições do médico que pede a ele que preencha uma ficha com todos os seus dados, inclusive descrevendo seus certificados, em seguida chama a enfermeira chefe e apresenta Abajeru a ela dizendo:

— Esse é o Doutor Abajeru. Ele vai colaborar conosco um tempo.

A enfermeira muito sorridente cumprimenta o médico Abajeru, em seguida o encaminha a uma mesa onde um rapaz já trazia alguns papéis para serem preenchidos, entrega a ele e diz:

— Seja bem-vindo Doutor. O senhor será muito útil aqui conosco.

Abajeru sorri e se debruça nos preenchimentos das fichas.

O preenchimento demora bastante, pois são muitas as perguntas, desde seus dados pessoais como apresentação de documentos, certificados de conclusão de cursos, doenças que havia tido, tipo sanguíneo, e no fim tinha umas perguntas que inqueriam sobre seus conhecimentos da medicina e suas pretensões no trabalho.

O doutor preenche tudo e conclui descrevendo suas experiências com a fitoterapia, os tratamentos, as curas e o que ele praticara enquanto residente no hospital-escola.

Ele entrega tudo à enfermeira que leva para a leitura do Doutor Jacinto. Ele faz a leitura com muita atenção. Ao terminar chama Abajeru e lhe diz:

— Com esse curriculum, se dependesse de mim, o senhor seria chefe de outra equipe que está se formando. Mas vou apresentar diretamente ao Secretário. Vamos ver o que ele diz. E determina:

— A enfermeira Marina vai lhe distribuir os serviços.

Aquele nome bateu como se houvera encostado a uma corrente elétrica de mil volts. Seria a mesma Marina que ele conheceu quando criança e que cuidou dele por vários anos?

Depois de receber as ordens do Doutor Jacinto, a enfermeira Marina vai falar com o Doutor Abajeru e o surpreende quando ela sorrindo lhe fala:

— Como vai Doutor João, Doutor Abajeru ou Doutor João Abajeru de Deus?

Depois ela ri muito, em seguida eles se abraçam e combinam de voltar a conversar no final dos atendimentos.

Marina só o reconheceu porque ligou o nome incomum à pessoa, e as feições que com bastante atenção, remetem àquela criança que ela conheceu e que não teve seus traços muito alterados. Ele, no mesmo sentido, percebeu que apesar dos anos pouco mudara nas feições daquela que muito fez por ele.

O trabalho consiste em vacinar alguns passageiros de ônibus, motoristas de caminhão ou passageiros de carros particulares que voluntariamente paravam para atualizar as vacinas, mas basicamente em crianças que os pais levavam.

Naquele dia apareceu um motorista com alteração de pressão e apresentando arritmia, os enfermeiros pediram ao Doutor Abajeru para uma verificação e ele atendeu e medicou o paciente. Mas essa prática não era a desejada pelo índio. Ele só está aplicando para adquirir uma experiência maior. Sua vontade está pautada na cura pelas plantas.

Assim que termina o expediente, Marina procura Abajeru e o convida a ir a uma padaria que tinha próximo dali para um café e que pudessem botar a conversa dia.

UM CURUMIM EM BUSCA DE DEUS

Ele atendendo ao convite de Marina troca de roupas e vão os dois para uma atualização do papo.

Chegando a padaria, é ela quem começa com as perguntas. Quer saber o que houve depois que ele foi embora, onde esteve como se formou médico e ele vai relatando tudo; as dificuldades ao ser escravizado e como teve de fugir, a forma como fora discriminado na igreja, do segundo atropelamento, pois o primeiro foi ela mesma quem o atropelou, como estava sendo conduzido a uma casa de deficientes mentais e físicos, pois fora confundido como um deles e teve que fugir pela terceira vez.

E Abajeru vai relatando toda a sua história até chegar ao reencontro com Getúlio. Que a partir daí tudo mudou até ele se formar na faculdade de medicina que fora toda paga por Getúlio, mas que infelizmente, seguindo seus propósitos teve que deixar para trás, ele, seus irmãos, suas famílias e as amizades que ele conquistou.

Terminado o relato da sua vida, ele pergunta a Marina:

— E você? Como foi?

E ela também relata o que lhe ocorreu depois que cada um dois seguiu seu caminho.

Conta que ela tinha apenas vinte e cinco anos, casada há cinco anos e não conseguira ficar um ano seguido ao lado do marido, pois se viam apenas nos fins de semana. Que ela se sentiu muito só quando ele, Abajeru, foi embora, ela não via a hora de engravidar porque a experiência em cuidar do pequeno curumim a fazia sentir muita falta de uma criança. E ela continua seu relato:

Que ela e o marido estavam bem, o relacionamento era maravilhoso. Que o marido era carinhoso, atencioso, não deixava nada faltar, material ou sentimental. Que eles estavam vivendo uma vida que compensava todas as ausências nos primeiros cinco anos que ela teve de ficar distante dele pelo trabalho. Que sendo assim, logo ela engravidou do primeiro filho. Mas quis o destino que tudo se desfizesse num triste acidente quando Carlos, seu marido, se dirigia ao trabalho de moto e foi atropelado por um caminhão carregado de minério de ferro. O baque foi tão grande que ela nem pode ver o marido no caixão. Só sobraram pedaços e alguns nem foram encontrados.

Marina continua relatando sua vida.

Ela conta que com a morte de Carlos, o filho João Carlos acabou sendo sua única companhia por muito tempo até ela conhecer Suelton, que ela chamava de Su. Eles se casaram ela teve outros dois filhos com ele, mas ele já tinha a idade um pouco avançada, gostava de uma bebidinha quase que diariamente e acabou tendo uma cirrose hepática e em pouco tempo os deixou. A sorte, conta ela, é que os filhos já estavam crescidos e resistiram bem à perda.

Depois de tudo isso, eles voltam a falar do tempo em que estiveram juntos, que ela e até o Carlos sentia saudade de comer uns peixinhos fritos daqueles que Abajeru pescava e levava para ela fritar. Das frutas que ela nunca mais comeu depois que ela foi para um lado com o marido e ele seguiu seu caminho em busca de Deus.

Aí ela pergunta:

— E Ele? Você O encontrou?

E Abajeru responde:

— Não sei. Se O encontrei não consegui vê-Lo.

Marina fica bastante alegre com a presença de João, pois para ela ele ainda é o João. Só que ele cresceu, virou um homem forte e bonito. Ela apesar da idade e dos sofrimentos da vida, não se desgastou tanto e está bastante conservada.

Após a longa conversa que tiveram, Marina foi com Abajeru procurar uma acomodação, visto que nos trailers onde ela estava não havia nenhuma cama disponível para o novato e eles estariam nesse trabalho só até o dia seguinte, que seria sexta-feira, depois eles voltariam para suas casas e descansariam no sábado e no domingo, só retornando ao trabalho na segunda-feira.

A enfermeira, com informação dada pelo atendente da padaria, encontra uma pousada onde Abajeru poderia dormir, deixando-o no local lhe diz:

— Amanhã, no final do dia, você pode ir conosco, pois tem espaço uma vez que a maioria do pessoal mora aqui por perto e vai de ônibus ou outra condução.

E conclui:

— Depois a gente procura uma ponte para você dormir embaixo dela. E os dois riem bastante.

O trabalho naquele dia é bastante movimentado em razão de ser fim de semana e muitos estarem procurando um local para descanso com a família ou com amigos. Ocorrem também alguns acidentes onde eles são convocados para os primeiros socorros.

No fim do dia eles recolhem todo o material utilizado acomodam nas viaturas, se acomodam e seguem em viagem. O destino é a cidade em que mora Marina. Ela vai apontando e descrevendo alguns pontos que são utilizados por turistas para descansos semanais ou férias.

Ao término da viagem, quando estão desembarcando numa praça, o Doutor Jacinto se aproxima de Abajeru e diz-lhe que contava com ele se ele quisesse continuar o trabalho. Que falaria com o secretário de saúde que já conhecia a necessidade de criar outra equipe e em breve algumas coisas poderiam ser arranjadas. Eles se despedem, marcam novo encontro para segunda-feira.

Marina, logo que o Doutor Jacinto os deixa, fala para Abajeru que o chefe tem muita influência com os políticos. Que se depender dele e Abajeru estiver interessado, não será difícil arranjar um emprego.

Eles vão em direção à casa da enfermeira e logo que chega ela o convida a entrar.

Eles entram, ela o convida a sentar no sofá da sala e vai a outro cômodo que parecia um quarto guardar seus pertences. Ao retornar oferece água, e diz que ela faria café para os dois. Ele pede para usar o banheiro que ela indica a ele.

Ao retornar à sala, Marina apresenta alguns quadros com fotos dos filhos e diz que eles já estão bem mais crescidos. Que os dois mais velhos estão no trabalho e o mais novo no colégio, mas que em breve ele os conhecerá pessoalmente. O café fica pronto ela o convida para ir até a copa onde estava servido. Eles se sentam e voltam a falar da vida dos dois.

Conversam sobre alguma coisa que não fora citado nas conversas anteriores, falam da vida, das alegrias, dos sofrimentos e aos poucos vão se identificando novamente e já parecem que o tempo não fora suficiente para configurar uma separação.

O papo vai rolando de forma agradável, quando se percebe movimento de pessoas chegando. São os filhos. Eles entram em casa e ela apresenta o amigo a cada um deles descrevendo tudo que ela falava sobre a pessoa quando ela cuidou dele. Os rapazes o cumprimentam e dão-lhe boas vindas, mas os dois mais velhos pedem licença, pois precisam ir à faculdade. O mais velho trabalha numa loja de departamentos de construção e decoração e faz o curso de administração de empresas, o do meio faz estágio numa loja de produtos de informática e estuda engenharia da mesma área e o mais novo está no terceiro ano do curso técnico de prótese dentária.

Marina pede licença a Abajeru e vai ter uma pequena reunião com os filhos. Pouco depois ela retorna acompanhada por eles e comunica ao amigo que conversaram e que por unanimidade concordaram que ele, Abajeru, ficasse hospedado ali enquanto precisasse. A casa era grande e havia um quarto separado nos fundos que ele poderia ocupá-lo. O índio nem tinha como recusar ou teria mesmo de procurar uma ponte como dissera em brincadeira a enfermeira num outro momento.

LUIZ GONZAGA DE ALMEIDA

Os filhos mais velhos saem logo em seguida e avisam que retornariam após as aulas. O mais novo sai pouco mais tarde e diz à mãe que vai para uma balada com a namorada.

Ela oferece uma toalha de banho ao índio e fala brincando:

— Eu não tenho um rio para lhe oferecer, mas o banheiro do quarto onde você vai dormir tem um belo chuveiro que você poderá usá-lo.

E continua Marina e pergunta:

— Você gostaria de sair amanhã cedo para comprar algumas roupas? Eu vejo que nessa mochila não cabe muita coisa. Acho que nem tem muito para você vestir. Para você dormir eu ainda tenho um pijama do Suelton que ele nem usou e que lhe serve.

Ele aceita e vai preparar o banho para em seguida dormir.

Na manhã seguinte Marina chama Abajeru para o café, que ele prefere chá, mas ele avisa que vai cuidar disso nos dias subsequentes, em seguida eles vão ao comércio fazer compras. Vão às lojas, compram roupas, calçados. Na feira compram legumes verduras, mas principalmente as folhas para os chás de Abajeru. Passam por uma peixaria e Marina se lembra de comprar uns peixinhos para fritar no almoço para relembrar os tempos antigos. Abajeru diz ter uma pequena reserva de dinheiro e quer pagar as compras, mas Marina só permite que ele pague suas roupas, as outras eles dividiriam por cinco como era combinado com os filhos. E assim foi feito.

O fim de semana transcorre normalmente. O sábado passa muito rápido.

No domingo pela manhã, Marina acorda percebendo algum movimento e vai verificar o que está acontecendo. Ela chega à cozinha e Abajeru já se encontra preparando o café da manhã. Ela reluta querendo cuidar daquilo, mas ele pede a ela que vá cuidar dela que ele prepara tudo ali. Ela então vai tomar banho, veste-se e quando retorna a mesa está posta para o café. Nisso os rapazes mais velhos, João Carlos e Pedro Henrique, também se levantam para irem jogar futebol com os amigos e o outro, Suelinton que a mãe chama de Su como ao pai e que chegou pela madrugada, permanece dormindo.

Terminado o café, Abajeru tira a mesa, lava toda a louça enquanto Marina só o observa impedida de fazer aquelas tarefas. Em seguida ele diz a ela que prepare os ingredientes que ele vai cuidar do almoço. E ela fica abismada pela maneira como ele, um homem, índio, cuida de uma cozinha daquela maneira.

E ele então diz a ela:

— Você se esqueceu de que lhe falei que no início da distribuição das sopas, eu fazia tudo isso?

UM CURUMIM EM BUSCA DE DEUS

— E que tinha sempre alguém que ia às manhãs tomar chá comigo e eu preparava tudo?

E conclui:

— Deixe o almoço por minha conta.

Suelinton levanta e leva susto com um homem na cozinha lidando no fogão. E exclama:

— Oh mãe! Até que enfim a senhora arrumou um cozinheiro decente!

E ela:

— Credo meu filho! Você está dizendo que eu não sei cozinhar?

E ele justifica:

— Não mãe. É que depois que a senhora precisou viajar a trabalho e só passou a cozinhar nos fins de semana, parece que perdeu a mão no tempero. E conclui:

— Acho que não vou nem sair para esperar o almoço.

Ela fica brava, mas, ao mesmo tempo, feliz pelo amigo não ser incômodo aos filhos que o aceitaram muito bem. Será que está pintando uma química?

Mas Suelinton acaba saindo e após quinze minutos retorna com um fardo de latinhas de cerveja, uma garrafa de vinho e um litro de refrigerante.

Ele entrega o vinho à mãe e diz:

— Esse é para a senhora "bebemorar".

E ela espantada pergunta:

— Bebemorar o quê?

E ele responde:

— A nova vida.

Ela então sorridente retruca:

— Olha o respeito comigo, hein!

E os dois riem enquanto Abajeru sem entender sorri acompanhando a alegria que eles estão demonstrando.

O almoço é proveitoso para todos da família, pois os filhos de Marina se confessaram cansados de ter de comer macarronada e frango de padaria todos os domingos. Assim falou João Carlos enquanto degustava um belo arroz de carreteiro e um feijão-tropeiro com muita linguiça e muito torresmo. Para acompanhar tinha uma salada de agrião com tomate.

Após o almoço os rapazes vão se acomodando para uma sesta enquanto Abajeru lava as louças que Marina insiste em ajudar muito a contragosto do índio.

LUIZ GONZAGA DE ALMEIDA

O domingo, que mais parecia festivo para aquela família, vai se findando e vão-se iniciando os preparativos para as atividades da segunda-feira e do restante da semana.

Nessa noite, Marina custa pegar no sono pensando no retorno de Abajeru. Ela, que está há muito tempo sozinha, sem companhia amorosa, percebe que está sentindo um carinho especial pelo Doutor e que ele também demonstra tal sentimento, mas ela sabe que dada a sua simplicidade e timidez, se esperar dele: "Desse mato não sairá nenhum coelho"! Ela conclui o pensamento.

Ela consegue dormir depois de muito pensar e durante o sono vai sonhando com as possibilidades de união entre os dois. No sonho ela se vê casando com Abajeru, mas, de repente, aparece sua imagem de quando era menino e ela tentando alimentá-lo ou fazendo-o dormir na cama e ele insistindo em ficar na rede, na varanda.

Logo soa o alarme do despertador e ela percebe que o dia já está claro e sente que há movimento na cozinha, sente o cheiro de café e de ervas sendo cozidas. Os filhos também se levantam e cada um procura seu material de trabalho ou de estudo e saem sem comer qualquer coisa sob as reclamações da mãe. Marina e o amigo se alimentam e seguem em direção à secretaria de saúde da cidade.

Ao chegarem, Marina tem notícia de que aquela semana eles estariam nos serviços internos, pois o Doutor Jacinto havia viajado para a capital do estado e que retornaria só na quinta-feira com novas ordens de trabalho. Sendo assim Marina orienta que Abajeru vá para a casa e que retorne na hora do almoço que os dois iriam almoçar num restaurante ali perto. Ele se recusa e diz a ela que ele preparará o almoço e que estaria esperando-a para almoçar.

Ele retorna a casa e vai cuidar de algumas coisas suas. Veste roupa nova que comprou, lava e põe para secar a que estava usando e vai iniciar o preparo do almoço. Como havia ainda muita sobra do dia anterior ele resolve dar um tempo e vai ao quintal ver alguma coisa que ele já tinha percebido. Muito lixo, folhas e galhos de árvores e muito entulho sem utilidade. O índio procura um quarto de despejo onde havia ferramentas e separa algumas para utilizá-las após o almoço.

Ele prepara alguma coisa esquenta outras e o almoço está na mesa no exato momento em que chega Marina com novidades. Eles sentam para almoçar e ela vai contando que soubera que o Doutor Jacinto teria ido à capital tratar entre outras coisas da situação dele, Abajeru. Mas que até o doutor voltar da viagem era para ele ficar no aguardo de qualquer decisão.

UM CURUMIM EM BUSCA DE DEUS

Após o almoço Marina toma uma decisão. Convida Abajeru para irem à sala, eles sentam no sofá e ela começa a descrever para ele tudo o que pensou durante a noite e do sonho que havia tido em razão de ter pensado muito sobre os dois. Que era muito cedo para uma declaração, mas que ela se sentia muito atraída por ele e que só estava se declarando porque sabia que ele não tomaria a mesma atitude.

Abajeru muito envergonhado a princípio, começa a dizer a ela o que o fez nunca ter contato com uma mulher. Conta que desde que a conheceu, sentiu que tinha um carinho especial, mesmo sendo ele muito criança e que não a via com sentido de atração homem e mulher, mas ele sentia muito ciúmes dela com o marido Carlos. Que ele foi embora naquela época porque tinha um objetivo, mas ao mesmo tempo sentia que não poderia permanecer ao lado dela por perceber que ao adquirir idade, desenvolvia um sentimento diferente de filho para mãe. Que por essa razão nunca procurou outra mulher nem pensou em se casar. Ele pensava em voltar um dia para sua tribo e lá encontrar uma mulher do seu povo, mesmo que não fosse pelo mesmo tipo de amor que sentia por ela.

Ele é abraçado por ela e tem a primeira sensação de um contato homem e mulher, mas os dois se contêm em respeito aos filhos que deverão ser consultados antes que qualquer coisa aconteça entre os dois. Ela tem cinquenta e dois anos e ele quarenta. A diferença não é suficiente para impedir um relacionamento sério, sóbrio e honesto.

Passadas as emoções, ela retorna para o reinicio dos trabalhos, mas com novas perspectivas de uma aproximação e se sentindo mais aliviada por ter aberto seu coração e declarado seus sentimentos.

Quando todos retornam após as atividades levam susto. O quintal onde havia também um pequeno jardim, que estava mais para um canteiro, estava muito bem cuidado e limpo. O entulho ele deixou separado para que Marina visse e determinasse um destino. Ela então ficou feliz e disse que chamaria uma caçamba para retirar, pois era muito para o coletor de lixo carregar. Em seguida ele pediu ordem a ela para comprar uma lata de tinta e pintar a parte externa da casa que dito pela própria Marina:

— Estavam muito sujas aquelas paredes.

A terça-feira seria feriado em razão do aniversário da cidade. Marina falou com Abajeru e combinou que teria uma conversa com os filhos e que se eles aceitassem ela anunciaria o início do relacionamento dos dois no almoço do dia seguinte. Ele concordou, mas pediu:

— Vai devagar para não criar um clima ruim para você.

LUIZ GONZAGA DE ALMEIDA

Ela chamou os filhos no quarto dela e anunciou que eles estavam se apaixonando e que ela gostaria de pedir aos três, permissão para assumir um compromisso com ele e quem sabe se casarem.

João Carlos o mais velho, estava noivo da filha do dono da loja em que trabalhava e aguardava apenas a formatura dele e da noiva para constituírem matrimônio. O do meio, Pedro Henrique, também tinha casamento marcado assim que ele se formasse e a noiva já era formada em odontologia e já exercia a profissão de dentista. Sueliton, o mais novo, estava se preparando para estudar na França. Sendo assim, eles são unânimes em afirmar que se ela estará feliz assim é o que importa.

Na manhã seguinte todos se levantam muito cedo e o ambiente parece de suspense provocado pelos filhos. Assim que tomam o café todos começam a procurar cada um seu celular e a falar como que segredando alguma coisa. Marina e Abajeru já preparam o almoço naturalmente quando a campainha é acionada e ela pergunta:

— Quem será?

Ela mesma vai atender e se depara com as noivas de João Carlos e de Pedro Henrique cada uma com um prato de doces às mãos. Ela as cumprimenta e pergunta o que é aquilo e uma delas exclama:

— Falaram que haveria um anúncio de casamento!

Marina toda vermelha encara Abajeru que se aproxima dela, lhe abraça e lhe beija a testa como se estivesse dizendo:

— Eu estou aqui contigo.

Marina então, dado o apoio inesperado do pretendente agradece e as convida a sentarem-se.

Logo chega a namorada de Suelinton também trazendo um magnífico bolo e cantando parabéns. Ela é recebida e os casais vão se juntando nas conversas particulares, mas vez ou outra surgem algumas gargalhadas de todo o grupo.

Pedro Henrique é o mais descontraído. Logo ele abre a geladeira e começa distribuir bebidas aos presentes e entrega a Abajeru uma latinha de cerveja. O índio que nunca houvera bebido nada que contivesse álcool, tenta recusar, mas os rapazes insistem e ele acaba aceitando, mas vai dando pequenas bebericadas acompanhadas de goles de água.

O almoço é servido, mas antes João Carlos pede a palavra e anuncia que o convidado principal tem algo a dizer. Todos pensam que o fato fosse preocupar o índio, mas ele acaba se saindo muito bem.

UM CURUMIM EM BUSCA DE DEUS

Ele se dirige a Marina e diz:

— Você foi a única mulher pela qual senti verdadeiro amor. Desde quando você me acolheu e cuidou de mim como se fora minha mãe, até os dias de hoje, tornou-se a única mulher da minha vida. Portanto hoje, eu gostaria de voltar a ser cuidado por você, mas principalmente cuidar de você como a única mulher de toda a minha vida. E o zum, zum, zum, corre entre noivas e namorada dos rapazes:

— Ele nunca teve mulher nenhuma?

E todos riem muito.

Em seguida ele se dirige aos rapazes e diz:

— Além do amor e do carinho que eu tenho pela mãe de vocês, eu tenho uma dívida de gratidão por ela ter me acolhido e cuidado de mim, apesar de quase ter me matado atropelado, mas reforça, é brincadeira, na verdade fui eu que atropelei o carro. E continua:

— Gostaria imensamente que vocês me acolhessem como um grande amigo que pretende se consorciar com a mãe de vocês. Permitir-me ter a oportunidade de retribuir todo amor e carinho que ela me ofereceu um dia e que tenho certeza que vamos nos oferecer um ao outro até o fim dos nossos dias.

Todos aplaudem e dá-se inicio ao almoço.

Assim que terminam Marina e Abajeru vão lavar a louça e guardar e combinam irem passar à tarde no Shopping e assim o dia se finda com muita alegria e diversão. Quando retornam já é hora de cuidar do dia seguinte que é de trabalho.

O casal combinou em só ter intimidades após consumar o casamento, sendo assim, continuariam dormindo separados, ela no quarto dela e ele no quarto do lado de fora da casa. Vez ou outra davam uma escapadinha.

"Nem sempre o corpo a corpo corresponde a um amor sincero e honesto. Mas, afinal ninguém é ferro. Não é?". LGA.

Amanhece outro dia e o movimento logo se inicia para todos. Como de costume Abajeru é o primeiro a levantar e cuidar do café.

Dos rapazes, apenas Suelinton tem hábito de comer de manhã, mas só cereais. Ele é o único que só estuda, não tem emprego, mas se alimenta no próprio colégio, pois além do curso ele faz uma preparação para a faculdade. Os outros dois levantam, se preparam e saem para seus trabalhos.

Marina fala a Abajeru que tem bastante sobra do almoço do dia anterior e que ele pode só esquentar. Que ela vem assim que der o horário para almoçar com ele. Diz que logo ali na esquina tem uma loja de tintas, que deixou dinheiro sobre a mesa para ele comprar o que precisar. E se despede dando-lhe um beijo apaixonado.

Ele vai comprar o material para a pintura enquanto ela vai para o trabalho. Retorna e começa preparar a limpeza das paredes para a nova pintura. De repente ele percebe que está quase na hora dela retornar para o almoço e vai preparar tudo.

Antes de terminar o preparo do almoço ele percebe a chegada de alguém. Vai verificar e já é ela retornando com um sorriso longo estampado no rosto.

Ela conta que o Doutor Jacinto estava de volta e a chamou para conversar. Que ele disse ter falado com o secretário estadual sobre Abajeru. Que informou todas as qualidades do médico, mas que a que mais ajudaria no trabalho deles é o domínio que ele tem da língua indígena e que vai ajudar no convencimento dos índios em se tratarem. E continua.

Falou ao secretário das dificuldades que eles têm em convencer os índios a se vacinarem, a terem cuidados básicos de tratamento dentário e da higiene pessoal, principalmente as mulheres. Que os índios quando não aceitam alguma coisa passam a conversar entre eles na língua deles para que os médicos e enfermeiros se confundam. Que Abajeru traria o seu conhecimento de medicina e poderia tratar os que não aceitassem o tratamento tradicional, à maneira natural, com as plantas, que ele entendia muito. E também que ele poderia conversar com os índios na língua deles quando necessário.

Diz ainda que o secretário autorizara a contratação do médico de forma extraordinária até que houvesse um concurso. E que ele poderia chefiar a nova equipe que estaria visitando as aldeias indígenas e as vilas dos brancos e dos negros.

Marina explica à Abajeru como funciona o sistema de contratação e de concurso e diz que a partir dali ele só deixaria aquele trabalho se ele quisesse e que teria seus salários garantidos até que ele decidisse parar de trabalhar. E mesmo quando aposentasse continuaria recebendo. Ela pede que ele providencie os documentos para ela levar ao RH da secretaria para sua contratação e que ele já poderia trabalhar na segunda-feira. Abajeru já tinha todos os documentos bastava tirar xérox e autenticar e assim o fez.

A semana termina muito rápido, Abajeru deu pintura nova nas paredes externas da casa que ficou como nova. Marina entregou os documentos e o doutor estava apto a iniciar seus trabalhos.

Na segunda-feira ele se apresenta ao Doutor Jacinto e ele o leva para apresentar sua equipe. Apresentou o enfermeiro chefe, duas enfermeiras um estagiário em enfermagem, um técnico em informática e dois motoristas.

UM CURUMIM EM BUSCA DE DEUS

Em seguida apresentou o mapa das regiões e dos pontos que visitariam para os atendimentos. Depois que os demais deixaram a sala ele confidenciou ao pé do ouvido para Abajeru:

— Eu confio muito no seu trabalho. Quero que você faça todos os esforços em atender e convencer os pacientes a fazerem os exames necessários, cumprir com as regras de alimentação e um mínimo de higiene, mas principalmente convencer os índios a não fugirem quando forem visitados pela equipe.

Abajeru que fez residência em um hospital da universidade, mas que atendia grande número de pessoas carentes observara que precisava mesmo um alto grau de convencimento para que algumas pessoas aceitassem fazer exames e a serem tratadas. Ele estudou uma técnica de um médico inglês que promoveu um curso sobre como mostrar ao paciente como a doença se apodera do corpo. Através de vídeos e cartazes mostrava aos pacientes que a doença era mais dolorosa e perigosa que os exames e os tratamentos. Alguns vídeos eram compostos de imagens que simulavam vírus ou bactérias destruindo os órgãos do corpo humano tudo com base no filme, "Viagem Fantástica" de 1966. Isso fazia com que os pacientes adquirissem mais medo da doença que do tratamento.

Ele primeiro apresentou aquele sistema aos membros da equipe e os convidou a criar uma trupe de teatro que fariam toda a parte de sonorização e as falas dos personagens que seriam as doenças e os remédios. Com a aceitação do grupo, ele propôs a imediata preparação dos trabalhos para apresentar o projeto ao Doutor Jacinto. Foi tudo muito rápido. Eles fizeram um esboço do que apresentariam.

O Doutor Jacinto achou apenas razoável o projeto que ele por apenas constar de propostas. Pediu a ele que fizesse um ensaio e que após o ensaio apresentasse a ele que assim poderia avaliar melhor, mas deu-lhe dois dias de prazo, após o prazo eles teriam que ir ao trabalho com ou sem projeto.

Então Abajeru inicia a preparação do roteiro, os slides, as gravações das músicas que fariam parte da trilha e da distribuição dos textos aos protagonistas. Para a apresentação aos índios ele treinou todos com algumas falas em Tupi Guarani.

Eles ensaiaram um dia inteiro cansativamente, depois os membros do grupo são dispensados e ele vai agendar com o Doutor Jacinto a apresentação, já para o dia seguinte.

Quando chega a hora, o Doutor Jacinto bastante curioso com o trabalho que seria desenvolvido, solicita de Abajeru que se inicie a apresentação e convoca os demais funcionários para assistirem também.

LUIZ GONZAGA DE ALMEIDA

Eles prepararam roteiros para índios, brancos e aos quilombolas, com músicas e roupas típicas para cada tipo.

Após as apresentações os aplausos vieram espontaneamente da parte dos que assistiam e o Doutor Jacinto classificou como espetacular. Desejou que tivesse o efeito desejado e que teriam o apoio dele no projeto.

Na primeira apresentação que aconteceu no dia seguinte, foi numa aldeia de índios totalmente integrados aos costumes e a língua dos brancos e foi um sucesso, todos gostaram muito. O cacique chegou a dizer que facilitaria muito para eles e para os chefes das tribos que não precisariam tentar impedir que alguns índios fugissem.

Nos dias subsequentes eles se apresentaram em outras comunidades e puderam observar que com poucos retoques eles estariam se apresentando melhor e teriam maior poder de convencimento.

Um único fato negativo nesse processo foi que, na primeira vez que Abajeru visita sua tribo para os atendimentos, fora preparado de que era a que mais apresentava rejeição. Ele já sabia que seus pais já haviam falecidos e seu irmão era o atual cacique e segundo informações era muito estúpido e exigente. Ele então decide não se apresentar como integrante da tribo que fora um dia, mas eles conseguem muitos atendimentos utilizando os novos métodos.

Após algumas semanas com total sucesso do seu projeto, Abajeru decide conversar com Marina para pedir que ela se case com ele. Ela que já estava ansiosa para que esse dia chegasse diz:

— Aceito com muita alegria.

Nesse mesmo dia ela reúne os filhos e comunica o pedido. Marcam então a data e vão cuidar dos preparativos. E João Carlos comenta:

— Que bom! Assim vou treinando para o meu.

E Pedro Henrique:

— Eu também.

Marina então provoca Suelinton:

— Não vai dizer que você também, não é Su?

E ele responde.

— Eu não. Nem estarei aqui para ver. Eu e minha namorada já compramos as passagens para Paris.

E os risos são muitos e de todos.

A partir daí tudo acontece como se tivesse sido programado. Suelinton tem sua formatura no colégio e dois dias depois viaja com a namorada com destino ao aeroporto da capital para embarcar para Paris. O casal Marina e Abajeru já tinham se casado e Suelinton acabou ficando para assistir. Dois meses depois é João Carlos que tem sua formatura na faculdade, mas quis Deus que o pai da noiva não resistisse a um AVC e acabasse falecendo. Eles anteciparam a data do casamento para assumirem a direção da loja de departamentos. Pedro Henrique não recusou uma proposta de emprego numa grande empresa na capital e o noivado, que já não estava muito estruturado, acabou rompido em razão da noiva não aceitar se mudar de cidade.

Após todo esse tempo a secretaria de saúde lança um edital convocando os interessados a se inscreverem para o concurso. Abajeru se inscreve, acontecem as provas e ele alcança a melhor nota, além de ter muitos pontos de vantagens acumulados pelos serviços já prestados.

"As glórias de que somos dignos de receber, só nos trarão alegrias se os merecimentos persistirem ao longo do tempo." LGA.

A esposa de João Carlos é filha única. Sendo assim a mãe implora ao casal que não a deixe sozinha. Eles então concordam em irem morar com ela, visto que a casa era suficientemente grande para acolher os dois e ainda sobrar muito espaço.

Marina e Abajeru permanecem morando na casa da família, mas só se encontram nos fins de semana. Raramente surge uma semana em que permanecem na secretaria preparando os atendimentos e que coincide de se encontrarem. Assim seguem por vários anos em que às vezes recebem visitas de João Carlos com a esposa, que já tiveram dois filhos, ou de Pedro Henrique nas férias ou nos feriadões e Suelinton permanece na França.

O sucesso de Abajeru já contaminou, no bom sentido, toda a região. Várias outras equipes foram formadas no mesmo padrão e os atendimentos têm mais sucesso ainda quando as estatísticas apontam diminuição nas mortes por doenças transmissíveis.

O casal Marina e Abajeru vive anos maravilhosos. Mas, o tempo passa para todos.

Num sábado à noite, estão os dois se preparando para dormir quando ela tem um desmaio e cai na cozinha. Abajeru só escuta o baque da batida com a cabeça no chão. Ele corre para socorrê-la e ela está desfalecida. Tenta reanimá-la, mas ela não retorna aos sentidos. Ele pega o telefone e liga para João Carlos que diz já estar indo. Mas mesmo assim ele chama o socorro do hospital que chega antes mesmo de João Carlos.

LUIZ GONZAGA DE ALMEIDA

Ela é colocada na maca e conduzida pelos paramédicos à ambulância que parte em alta velocidade com a sirene a todo volume.

Ao chegar ao hospital o médico de plantão que era amigo tanto de Marina quanto de Abajeru conduz a enfermeira para o interior de uma sala, mas pede a Abajeru que permaneça lá fora, pois no estado emocional em que ele se encontrava não ajudaria em nada naquela hora. Mas já avisa que é muito grave.

Logo chega João Carlos e quer saber o que está acontecendo, quer ver a mãe e Abajeru tenta acalmá-lo de todas as maneiras, embora ele também estivesse muito nervoso e preocupado.

Depois de muitas horas de espera o médico surge num corredor e caminha em direção aos familiares. O percurso que ele faz, para Abajeru, mais parece às longas estradas que ele já percorrera nas suas caminhadas e que tudo era distante, que parecia estar em câmara lenta e que nunca chegaria.

Quando o médico se aproxima diz a todos:

— As notícias não são boas. E continua:

— Infelizmente ela não resistiu a um derrame cerebral muito intenso.

E João Carlos muito nervoso e até exaltado pergunta:

— Mas o senhor não pode fazer nada, doutor?

E ele responde:

— Não. Quando ela desfaleceu em casa já não havia mais o que fazer. Ela já chegou ao hospital sem vida.

A tristeza e o desespero toma conta de todos. Dos familiares, dos amigos que já estavam presentes, mas principalmente alguns colegas de trabalho dos dois que foram informados e compareceram ao hospital para dar assistência, mas não foi possível.

— Mas, o que fazer? Pergunta uma amiga.

Abajeru descontrolado vai em direção à porta de saída do hospital. Quando alcança a rua cai com os joelhos ao chão, ergue os braços com as mãos trançadas e serradas e grita:

— Deus. Porque para encontrá-lo tenho que perder todos os que eu amo?

1º Mandamento da lei de Deus — "Amar a Deus sobre todas as coisas".

Depois disso, ele vai a sua casa, prepara sua mochila com alguns objetos e alguma roupa, apanha seus documentos, diplomas, e seu dinheiro e retorna ao hospital para acompanhar a retirada do corpo de Marina e participar do velório que seria no próprio cemitério. Ali, ele senta-se num banco próximo do caixão e permanece o resto da noite e toda manhã no mesmo lugar até que fecham o caixão para o enterro. E essa foi a primeira experiência comprovada da perda de um ente querido para Abajeru.

Após o enterro ele se aproxima de João Carlos e Pedro Henrique, pois Suelinton não conseguira chegar a tempo, abraça os dois sem dizer uma palavra e os deixa. Em seguida ele sai andando sem prever uma direção e nunca mais ninguém viu ou ouviu falar de Abajeru ou do doutor Abajeru.

"O filho pródigo à casa torna"
Domínio público.

Estamos novamente na aldeia de uma tribo indígena às margens de um grande rio no coração da mata amazônica, onde nasceu um indiozinho chamado Abajeru e que um dia aos oito anos, saiu escondido de casa em busca de Deus do homem branco.

Numa manhã muito quente e ensolarada, ouvem-se um grande alarido de índios vindo do interior da mata. Todos os que estavam nas ocas saem para ver o que está acontecendo quando um grupo chega trazendo outro índio sob flechas e lanças apontadas e o conduzem ao centro da taba.

Um índio se aproxima e se apresenta:

— Sou Kauan Cacique da tribo. Kauan Significa "gavião" ou "condor".

E Abajeru também se apresenta:

— Sou Abajeru filho de Abaeté e de Acaiaca.

E o Cacique fala nervoso:

— Mas, eu sou filho de Abaeté e de Acaiaca.

Abajeru fala ao Cacique:

— Então somos irmãos.

O Cacique já mais calmo pergunta:

— Você fugiu da aldeia quando ainda era criança. É isso?

E Abajeru confirma.

Kauan é muito esclarecido e ordena aos outros índios que o soltem, mas não diz ser seu irmão. Em seguida ele chama Abajeru para sua oca. Pede para ele se sentar e começa a falar das histórias do período em que ele esteve ausente.

Conta que a mãe sofreu muito a perda dele até os últimos dias de vida. Que o pai tinha esperanças que ele retornasse para se tornar cacique da tribo. Que o antigo Pajé, que Abajeru conheceu, morreu de desgosto quando ele partiu. E continua narrando muitos outros fatos em que Abajeru aparece como protagonista e culpado de tudo.

Por último ele pergunta:

— Porque você voltou?

E continua inquerindo:

— O que você quer da gente agora?

E Abajeru responde:

— Eu fugi da tribo porque queria encontrar o Deus do homem branco que na televisão e no rádio diziam ser muito bondoso e que protegia seus filhos.

E Kauan questiona:

— E você não se sentia protegido aqui na aldeia?

— Os nossos deuses não o protegiam?

— O que o Pajé lhe ensinava você não acreditava? Era tudo mentira?

Ai Abajeru responde:

— Não é isso. Eu tive um sonho com um índio que me falou que eu tinha que procurar o Deus do homem branco em outros lugares. Que aqui eu não ia encontrar. Meu pai e minha mãe me proibiram de sair da aldeia, sozinho, então resolvi ir procurar por minha conta, e assim só fugindo.

— Mas porque voltar agora? Pergunta Kauan.

Então Abajeru conta o que ele passou nos últimos dias da vida dele e fala sobre a morte da esposa que amava muito e do seu sofrimento. Que ela era tudo que ele mais queria. Que ele procurou o Deus dos brancos e não encontrou e que havia desistido após a morte do grande amor da sua vida e decidiu retornar. Mas que ele estava disposto a trabalhar pela tribo. Contou que se formou médico e que tinha um amplo conhecimento do tratamento das doenças pelas plantas e que ele poderia ser muito útil aos membros daquela aldeia.

UM CURUMIM EM BUSCA DE DEUS

Então Kauan conclui:

— Para isso nós temos o nosso Pajé. Eu não posso te impedir de viver aqui na reserva porque ela também lhe pertence. Mas você não poderá se misturar ao nosso povo nem conviver na aldeia.

Ai Abajeru pergunta:

— Eu poderei plantar e caçar para comer?

E ele responde:

— Pode desde que você não se misture ao nosso povo.

— Mais uma coisa, diz Kauan.

— Nunca diga a ninguém que é meu irmão.

Abajeru então pergunta:

— Nós não temos outro irmão?

E o Cacique:

— Como você sabe?

Ele conta então sobre o sonho que teve na beira de uma estrada e que a mãe se tornava Cacique e o pai o novo Pajé, que havia dois índios do lado deles e que um mais novo chamou a mãe deles de mãe.

Então Kauan muito esperto responde:

— Você sonha muito. De repente você sonha outra vez e descobre quem é ele, mas se você sair perguntando eu te expulso da reserva. E encerra:

— Agora você pode deixar a aldeia. E só volte se eu for lhe buscar.

É claro que o irmão estava muito magoado com tudo que ocorrera com a partida do índio ainda menino e causou muitas tristezas aos pais e demais índios da tribo. Mas talvez fosse questão de tempo.

Abajeru deixa a aldeia e parte em busca de lugar no meio da mata, longe da aldeia, onde possa construir uma oca e plantar alguns alimentos para a sua subsistência.

Logo ele encontra uma clareira rodeada de árvores altas e densas e inicia a preparação daquilo que seria a partir dali a sua morada. Ele inicia com uma limpeza no local que vai construir a oca, mas logo tem de parar, pois o Sol começa a se esconder e ele precisa acender uma grande fogueira para impedir a aproximação de animais comedores de carne ou cobras peçonhentas.

A noite cai, ele deita sobre a relva e pega no sono. No dia seguinte, antes do Sol sair totalmente ele já se levanta e vai à busca de algumas raízes e frutas para o desjejum e almoço e isso não falta na mata. O Sol desponta e ele continua com a limpeza do terreno para a construção da oca que seria sua morada a partir daí.

LUIZ GONZAGA DE ALMEIDA

Com o passar dos dias, Abajeru se estabelece e deixa o terreno em que ele vai morar parecido com uma "mini taba". Além da oca ele também construiu um viveiro de plantas curativas muito bem organizadas e distribuídas. Ele plantou também erva comestível e um milharal para a sua alimentação diária e que seriam acompanhados de outros tipos de alimento, como por exemplo, raízes de inhame, batata-doce, cará e a sua preferida mandioca e volta e meia pescava uns peixes no rio quando os outros índios não estavam nas imediações.

Com o tempo e a curiosidade dos índios da aldeia fazia com que eles sondassem Abajeru nas suas atividades e vez ou outra até lhe dirigiam a palavra perguntando alguma coisa, mesmo com a proibição do Cacique.

Até que num dia ele encontra um índio nas proximidades do terreno caído e rolando com dores. Ele o apanha no colo e carrega para o interior da sua oca. Faz alguns exames e percebe que a barriga do índio está entumecida, dura, e com febre alta. Ele vai ao viveiro apanha umas folhas, prepara um chá e manda o índio beber e ficar deitado até ele mandar levantar. Ele bebe e em seguida dorme. Abajeru vai próximo à aldeia e pede a uma índia para ela chamar o Cacique. Ele vem bravo e se recusa se aproximar do irmão. Abajeru pede para ele o acompanhar que é caso de vida ou morte. O Cacique concorda e ele o conduz até sua oca e mostra o índio que ainda está dormindo. Ele quer saber o que aconteceu e Abajeru explica:

— Eu encontrei-o na mata rolando de dor. Trouxe-o para cá e ao examiná-lo percebi sintomas de apendicite. Dei a ele um chá de uma planta que pode combater, mas é necessário que seja levado ao hospital para fazer exames, pois se piorar ele pode até morrer. O Cacique fica assustado e tenta acordar o índio e sem perceber exclama:

— Acorda irmão!

Ele acorda parecendo que está bem. Abajeru volta a examiná-lo e percebe que não tem mais febre, a barriga não está mais inchada. Ele diz aos dois que ele parece bem, mas, ainda assim, precisa ir ao hospital para ser mais bem examinado.

Os irmãos se abraçam a Abajeru e o Cacique agradece, pede desculpas pelo que fez com ele e diz ao outro índio:

— Ele é nosso irmão.

Eles se abraçam novamente agora mais emocionados e o Cacique pede a Abajeru para cuidar do irmão e ele responde:

— Assim será feito.

UM CURUMIM EM BUSCA DE DEUS

"O amor só acontece quando as almas se encontram na paz e na sabedoria do Divino Pai. Antes é só relacionamento e procriação."

LGA.

O irmão Kauê que significa "homem bondoso", e que faz jus ao nome, é conduzido no dia seguinte por Abajeru a um hospital onde ele se apresenta ao médico do atendimento que é um conhecido seu. Narra como o encontrou e o diagnóstico que ele havia feito. O médico manda fazer um ultrassom do abdômen do índio e ao sair o resultado ele mostra a chapa para o índio doutor e lhe fala:

— Olha aqui e me ajude. Parece mesmo que já houve uma infecção, mas que regrediu. O tamanho está normal, a barriga não está mais dura como você falou e ele parece estar normal. Mas ainda assim é preciso cuidado. Apêndice é traiçoeiro. Quando a gente menos espera ele supura e contamina tudo.

E o médico pergunta a Kauê:

— Você está sentido dor?

E ele responde negativamente com movimento de cabeça.

E o médico lhe fala:

— Então continue com o tratamento do irmão, mas se você sentir dor ou o corpo mole e quente procure o doutor Abajeru. Não espere muito.

Em seguida ele se dirige a Abajeru e lhe diz:

— Se voltarem os mesmos sintomas corra com ele para cá, pois teremos de operá-lo.

Em seguida ele estende a mão a Abajeru e lhe diz:

— Parabéns doutor. Não sei o que você fez, mas curou o rapaz.

Eles voltam para a aldeia e são recebidos pelo cacique que manda reunir toda a tribo no centro da taba.

Com todos os índios presentes o Cacique pede a atenção de todos e apresenta Abajeru como seu irmão e que se ele aceitar será o novo Pajé da tribo. Abajeru acena com a cabeça que aceita. Mas o Cacique continua dizendo que ele já havia pedido licença aos anciãos da tribo que concederam e que pediu também ao atual Pajé, que já estava na hora de se aposentar, para substituí-lo e que ele aceitou pacificamente. Que a festa da promoção seria na noite seguinte, era só o tempo de fazer os convites às outras tribos.

Abajeru é abraçado por todos os índios, mas principalmente por Kauê que passou a ter em Abajeru não só um irmão, mas um irmão herói.

LUIZ GONZAGA DE ALMEIDA

A paz entre os irmãos índios é estabelecida, o tratamento a Kauê é intensificado, mas principalmente a relação de médico com toda tribo passa a ter uma importância muito maior. Ele aos poucos vai adquirindo uma maior crença dos índios para tornar-se Pajé, depois de ter curado o índio Kauê.

A preparação para a festa da posse do novo Pajé provoca um alvoroço em todos os índios da tribo. As mulheres índias preparam as comidas e os homens as bebidas. Tem mandioca cozida, batata-doce assada, milho cozido e assado, peixe frito e até um porco do mato assado no rolete, doce de leite com amendoim e muita paçoca.

Para beber, tem uma iguaria feita com folhas de frutas variadas cozidas e misturadas com garapa de cana fermentada ou quem preferir só a garapa fresca.

Como tradição da tribo, o Pajé, assim como todos os que adquirem posição importante e que ainda não são casados, tem o direito em escolher uma virgem para ser sua mulher e esse cargo por ser muito importante é disputado por todas as índias virgens e disponíveis da aldeia. Todas fazem questão de se exibir desfilando para o pretendente.

Abajeru pede desculpas as que não forem escolhidas, que todas eram muito bonitas e prendadas, mas pede para escolher a que tivesse mais idade, pois elas tinham entre doze e dezessete anos. E ele acaba escolhendo a mais velha, mas também a mais bonita. De nome Tauane que significa "estrela" ou "astros celestes" a escolhida era alta, de cabelos longos e negros, pele bronzeada, lábios carnudos e olhos amendoados. Mas solicita do Cacique e dos pais da índia para esperar ele se acostumar melhor com a perda da esposa para consagrarem o casamento.

A festa acontece.

O Cacique Kauan antes anuncia a inclusão do antigo Pajé ao conselho dos anciãos que é uma posição digna para quem prestou tantos serviços àquela comunidade. Em seguida chama Abajeru que já está devidamente paramentado com costumes indígenas e lhe estrega os instrumentos usados pelos pajés como se fossem credenciais que representam sua autoridade. Encostam os ombros de forma tradicional e está empossado o novo Pajé.

E pensam que a festa acabou aí?

Que nada! Ela durou pelo menos três dias e três noites. Uniram numa mesma comemoração; o retorno de Abajeru à tribo, a nomeação para pajé, e a escolha da futura esposa. Imaginem como será o casamento!

Abajeru apoiado pelo irmão e cacique Kauan, pelo Kauê e por outros índios, constrói ao lado do viveiro de plantas um laboratório para pesquisa e produção de medicamentos extraídos das plantas que ele conhece muito bem e estão disponíveis. A reserva é muito grande e tem uma quantidade infinita de plantas de muita qualidade, pois são muito bem conservadas.

Com parte da sua reserva de dinheiro adquiriu instrumentos para análises e equipamentos. Passa a produzir e distribuir os remédios nos postos médicos e nas aldeias gratuitamente e vendem nas feiras livres ou na própria aldeia, para recuperar parte do que gastou na produção. Em pouco tempo, seus medicamentos se tornam famosos pela qualidade e uma empresa o procura para propor produção industrial e ele rejeita veementemente.

Com o passar de três meses, a beleza e a delicadeza de Tauane começam a provocar maiores desejos, não só em Abajeru, como em todos os índios da aldeia e como nessa fase ele não pode tocá-la nem estar muito próximo dela sem a presença do pai ou da mãe, ele já recuperado do trauma da ausência de Marina, pede ao irmão Cacique para solicitar dos pais da bela índia, autorização para concretizar o casamento. O irmão pede e os pais concedem.

É marcada a cerimônia para dali a quinze dias e são feitos os preparos para a nova festa. Mais convites, mais comes e bebes e mais uma semana de festa que o Cacique decreta.

Antes da data do casamento um fato desagradável o antecede e torna necessário seu adiamento. O antigo Pajé é encontrado morto na sua oca. Abajeru tentou por várias vezes cuidar da saúde dele, mas ele insistia em se cuidar sozinho. Mas ele morreu aparentemente tranquilo, sem sofrimento. Se é que alguém morre sem sofrer!

A cerimônia de sepultamento é muito parecida com a de promoção. Festejam da mesma forma como estivesse nascendo alguém e a festa dura dois dias, apenas não há tanta alegria. São convidados chefes de outras tribos e amigos das vilas das proximidades.

Terminado o féretro cada um retorna às suas atividades normais e voltam às preparações para o casamento do novo Pajé. As expectativas de Abajeru crescem a cada dia em razão dos pais da noiva terem permitido que ele a visitasse e pudesse ter alguns momentos de privacidades para os dois. Assim eles podem fazer alguns passeios fora da aldeia, mas sempre vigiados de longe pelos irmãos e irmãs menores.

Numa tarde ele a convida a ir conhecer a cachoeira onde ele só a viu do helicóptero e esteve lá em sonhos. Caminham muito e durante a caminhada vão fazendo planos. Tauane além de bela tem muita inteligência natural e Abajeru aos poucos vai instruindo-a e ela vai aprendendo coisas que não é comum entre as comunidades indígenas, mas ele quer prepará-la para ajudá-lo nos trabalhos medicinais.

Depois de percorrerem o longo caminho começam a ouvir o som das águas caindo e batendo nas pedras. Ela forma um grande lago e quando o casal chega mais próximo os pequenos curumins já estão mergulhados e fazendo grande festa o que os fazem esquecer a guarda da irmã. O casal então aproveita o momento para longos beijos e declarações profundas de grande afeição e carinho.

Abajeru está vivendo os melhores dos seus dias e com isso suas atividades são cada vez mais reconhecidas não só pela sua tribo como pelas demais da região. Ele consegue dar assistência médica aos índios e todos estão mais saudáveis e felizes. Os pequenos curumins estão recebendo educação e sendo preparados para buscarem atividades e outros meios de vida até mesmo fora da aldeia.

Kauan e Kauê (que não é dupla sertaneja) têm muito orgulho do irmão e sempre buscam alguma informação em forma de conselho, orientação médica ou de relacionamento. O Cacique já não é mais aquele estúpido e exigente como fora classificado pelas equipes médicas que os atendiam e sempre que tem vacinação é ele quem conduz os demais às tendas e é ele o primeiro a oferecer o braço para a aplicação.

Além de tudo isso, Abajeru na condição de líder religioso e de saúde, segue com orientação religiosa nas tradições indígenas, mas continua também divulgando o que ele aprendeu nos livros, principalmente do livro vermelho que ele ainda carrega com ele. Só que agora ele prega nas duas línguas, portuguesa e em tupi-guarani. Os índios já conseguem separar os conceitos e costumes religiosos que encontram nas diferentes igrejas. Uns optam por assistir as missas nas manhãs pela TV, outros ouvem com muita frequência os cultos evangélicos pelo rádio, mas todos praticam e respeitam muito os costumes próprios dos índios onde eles cultuam seus ídolos, mas adoram um único Deus que é o legítimo.

O novo Pajé é convidado pelo Cacique para conhecer o sistema de rádio de transmissão que a tribo adquiriu naquela semana e que o técnico acabara de instalar. Ele pede então ao técnico para tentar sintonizar a frequência do Hotel dos Navegantes. O técnico nas informações que o Pajé passou a ele sobre a localização vai sintonizando várias frequências até que consegue se comunicar com uma e o interlocutor se identifica como sendo do hotel.

Abajeru assume o fone transmissor e pede para falar com Getúlio e o interlocutor pergunta quem gostaria de falar e ele se identifica.

UM CURUMIM EM BUSCA DE DEUS

Getúlio se identifica no outro lado e dá-se a impressão que está em lágrimas. Eles conversam passam algumas informações solicitadas por um e por outro e em seguida Abajeru comunica seu casamento e convida a todos para comparecerem.

A resposta é positiva e imediata. Ele diz:

— Iremos todos com certeza. Mesmo que tenhamos que fretar outros helicópteros.

Em seguida se despedem e o Pajé está esfuziante de alegria por poder falar com Getúlio, mas principalmente por ele confirmar a presença no seu casamento, pois eles se amam muito.

"Não é necessário que todo mundo nos ame. O bastante é que quem o fizer, faça com a intensidade necessária. Nem muito, nem pouco."

LGA.

A cerimônia está marcada para a noite de uma sexta-feira que conforme a previsão dos sábios da tribo será de céu claro, sem chuva. Abajeru solicita das tecelãs da tribo, algumas redes para acomodar Getúlio e seus acompanhantes, pois ele faz questão que os amigos pernoitem na sua oca que é grande e dá para acomodar várias pessoas.

É pouco o tempo que resta para o casamento, mas Abajeru está aguardando com muita ansiedade. Ele não ama Tauane como amou Marina, mas tem por ela um sentimento de grande afeição e carinho. Ela também corresponde aos sentimentos sendo carinhosa, demonstrando muito respeito e o desejo em transformar a vida dos dois num convívio de intenso gostar, mas desejando também que muito em breve venham a se amar intensamente. Essas são as juras que sempre dedicam um ao outro.

Amanhece o primeiro dia dos que estão previstos para acontecer a cerimônia. A aldeia já se encontra em movimento constante. Índios e índias correm daqui para lá e de lá para cá nos preparos e providências. A tribo tem muito rigor com suas tradições e uma delas se refere justamente ao casamento. A virgem índia é afastada dos demais e levada para uma oca isolada no meio da mata, acompanhada das índias mais velhas e casadas para um preparo físico e mental. Ali são tratados os cabelos, a pele, são feitas as pinturas referentes ao ato e são dados conselhos sobre os procedimentos da noite.

O dia vai terminando e o forte calor já se ameniza com o surgimento de uma leve brisa que movimenta os galhos das árvores proporcionando um leve frescor. O céu num azul intenso demonstra que a noite terá uma lua cheia e muitas estrelas brilhantes. Mas logo o som de motores vindo do alto chama a atenção de todos que se dirigem ao centro da aldeia para receberem dois helicópteros que se aproximam e buscam um local apropriado para o pouso. É a chegada mais esperada para Abajeru, e logo descem Getúlio, Pedro, respectivas esposas e filhos e são calorosamente recebidos por todos.

A noite cai e a festa se inicia. A aldeia toda enfeitada dentro das tradições e dos costumes tem um ar de alegria e diversão, mas também a seriedade a que o ato inspira. Há da parte de todos, mas principalmente dos mais velhos, muita preocupação para que tudo aconteça naturalmente e que não ocorra nenhum imprevisto.

O Cacique Kauan anuncia o início da cerimônia.

Fora construído um altar bem no centro da aldeia e o povo já se dirigiu ao local para assistir ao cortejo. Em seguida é o noivo que é conduzido em uma maca de bambu. Ele se senta sobre ela e é transportado por seis fortes índios. Eles se aproximam do altar, Abajeru desce e se posiciona ao lado dos pais da noiva e do irmão Kauê, que naquele momento representa a família do noivo. Vão ao encontro da noiva e no mesmo modelo fazem o transporte dela. Em seguida é o pai que a conduz à presença do Cacique, dos familiares e do noivo.

Em outra situação, em que o noivo não fosse o Pajé, seria ele o responsável por conduzir a cerimônia. Mas nesse caso o Cacique assume sua posição por ser a maior autoridade.

É realizada a cerimônia com os costumes próprios da etnia, mas principalmente com alguns da tribo. Sendo assim, um dos costumes exclusivos é que o casal logo após a cerimônia se isole numa oca preparada e longe da aldeia e só retorne no último dia de festa. Enquanto isso os convidados e familiares seguem festejando por dias e noites com apresentações de danças folclóricas e jogos.

Logo que a parte oficial termina, Getúlio, Pedro e suas famílias procuram Abajeru para se despedirem e marcarem um novo encontro. Getúlio promete a ele que assim que os festejos terminarem enviará um helicóptero para buscá-los para passarem uns dias no hotel. Que aguarda a comunicação pelo rádio. Depois disso as famílias se dirigem a oca de Abajeru onde pernoitarão e logo que amanhecer levantará voo e seguirá viagem.

A festa está por terminar, o casal retorna ao convívio na aldeia e são muito festejados principalmente pelos curiosos que querem saber as novidades e até aprender coisas novas numa relação que Abajeru traria de fora. As virgens cercam

UM CURUMIM EM BUSCA DE DEUS

Tauane e a levam para uma oca e querem saber tudo que aconteceu nos dias que ficaram sozinhos. Ela muito envergonhada em ter de falar das particularidades conta apenas o mais comum o que decepciona as demais. Mas a festa termina naquela noite e todos voltam as suas atividades normais.

O tratado de Abajeru fora cumprido. Ele, pelo rádio, se comunicou com Getúlio e esse enviou o helicóptero para buscá-los e tiveram mais alguns dias de convívio particular para melhor se conhecerem. Tauane ganhou roupas novas e aprendeu com as esposas de Getúlio e Pedro coisas diferentes de culinária ao qual o marido já havia se acostumado e para quando ela quisesse fazer-lhe um agrado.

A vida vai ter sua sequência, mas agora de uma maneira diferente para os dois. Ele por ter uma esposa da sua espécie e etnia e ela por estar casada e tendo uma a oportunidade de aprender e praticar atividades de uma forma diferente das que ela estava acostumada. Os trabalhos se reiniciam para Abajeru, agora com a colaboração da esposa que já aprendeu a selecionar e cuidar das plantas que são usadas nos preparos dos medicamentos.

Passam-se alguns meses e Tauane começa a notar diferenças no seu metabolismo e observa que seu ciclo menstrual fora interrompido. Ela fica preocupada e procura o doutor Abajeru para uma consulta. Como ele não é ginecologista ele combina com ela de levá-la ao hospital para uma consulta e isso ocorre logo na manhã seguinte.

Apesar da desconfiança e desejo não se podia garantir se tratar de uma gravidez, mas a expectativa é muito grande e ele está eufórico.

Ela é examinada e o médico olha para Abajeru e confirma:

— Parabéns doutor!

— O senhor vai ser papai.

É grande a alegria e voltam à tribo para darem a notícia aos parentes e amigos.

O doutor Abajeru na sua função se torna notável e é muito aplaudido pelos colegas da medicina. Nos simpósios em que ele participa é sempre muito aplaudido nas suas explanações e explicações sobre o seu método. E ele explica que quando procurado por algum paciente com uma queixa, ele examina e analisa através das informações do próprio paciente e que se ele verificar que a doença está no início, ele inicia o tratamento com os seus medicamentos naturais, mas se as informações trouxerem alguma dúvida sobre a progressão da doença, que ele veja que é maior que o tempo que leva a ação dos seus medicamentos, ele imediatamente encaminha ao hospital para confirmação e um possível tratamento no próprio hospital.

LUIZ GONZAGA DE ALMEIDA

Os métodos do doutor Abajeru tem comprovação estatística feita pelo atendimento público ou até mesmo por ele próprio. As mortes entre indígenas passaram a acontecer por acidentes nos rios ou afogamentos, ataques de animais como onças ou jaguatiricas, por picadas de cobras peçonhentas e que a vítima não chega a tempo à aldeia para que seja tratado ou por idade muito avançada como fora o caso do pajé antecessor de Abajeru. Aquelas causadas por doenças tiveram grande redução.

Além de tudo isso os postos médicos e hospitais tiveram a sua procura minimizada em razão do tratamento alternativo do Pajé estar obtendo muito sucesso.

Os meses vão se sucedendo e a expectativa do novo papai aumenta a cada um que passa.

Já atingiu o oitavo mês e já está havendo os preparos para o nascimento. Após a última visita ao ginecologista, ele garante que está para nascer na data prevista no início e que o parto normal como é o desejo de Tauane é quase que garantido, apenas terão de esperar as proximidades para conferirem o grau de dilatação, mas que é quase certo.

Nasce Abaeté Nudá-querri (em tupi-guarani neto de Abaeté).

A felicidade é geral. Novos festejos são articulados na aldeia, agora para receber o mais novo integrante Abaeté Neto. O curumim é muito parecido com a mãe e forte como o pai e as alegrias só vão se acumulando. E o Pajé não se esqueceu de informar os amigos Getúlio, Pedro e Sérgio sobre o nascimento do filho Abaeté e eles foram conhecê-lo.

O tempo passa e já completam oito anos do nascimento do curumim Abaeté. O menino tal qual ao pai é esperto, inteligente, mas principalmente muito curioso. Certo dia ele procura o pai no laboratório e pergunta:

— Pai você conhece Deus?

E Abajeru responde:

— Sim meu filho. Eu O conheço, embora nunca O tenha visto.

E o menino insiste:

— Mas pai! Como eu posso encontrá-Lo?

E o Pajé então pede para o curumim sentar-se do seu lado e fala:

— Primeiro você deve trazê-Lo para dentro de você.

E o menino pergunta:

— Mas como fazer se eu não O conheço?

Então ele inicia o relato da vida de um curumim que aos oito anos de idade resolveu fugir da sua aldeia e da sua tribo para encontrar Deus...

UM CURUMIM EM BUSCA DE DEUS

E após todo relato o menino volta a perguntar:

— E ele O encontrou?

E o pai responde:

— Sim. Mas primeiro ele teve de buscá-Lo onde de fato Ele estava e trazê-lo para dentro de si.

— *"Deus está dentro das pessoas, mas principalmente das mais sofridas, das mais doloridas e das mais necessitadas. Quando nos aproximamos delas e de alguma forma oferecemos ajuda, nós trazemos um pouco Dele para dentro de nós e assim, um dia, O teremos por inteiro".*   *LGA.*

E ao recontar a história ao filho, Abajeru vai percebendo que Deus estava ao seu lado por todo tempo que caminhou e em todo caminho por onde passou.

FIM

LUIZ GONZAGA DE ALMEIDA

CONCLUSÃO

Que bom seria se só tivéssemos pessoas como os caminhoneiros que transportaram o curumim a um ponto seguro, como Getúlio, como Marina, como a professora, como os servidores das sopas, como Joaquim, como Paulo motorista, como Pedro e Sérgio que foram capazes de se redimirem de erros graves, como Cléia e José que sofreram a perda do seu ente mais querido e que ainda assim só se propuseram a praticar o bem, como os filhos de Marina que souberam promover a felicidade da mãe e muitos anônimos os quais não conhecemos nem procuramos conhecer. Daqueles que não fazem caridades, mas que não impedem e auxiliam os que fazem, mas principalmente àqueles como Abajeru e Getúlio que não se contentam em apenas ajudar fornecendo alguma coisa, mas que procuram meios para promover e incentivar aos que fazem dando-lhes condições necessárias sem se preocuparem em serem reconhecidos pelo feito!

Que bom seria se não tivéssemos àqueles que utilizam as igrejas ou outros templos como ponto de encontros sociais e arrecadações de bens e valores e as chamam de "Casa de Deus". Que os sacerdotes e líderes olhassem mesmo com olhos de caridade e benevolência aos fiéis, mas principalmente aos necessitados. Que bom seria se não houvesse pessoas que se vestem de necessitados para fugirem de compromissos e abusam dos benevolentes que pensam promover a caridade, mas que estão na verdade incentivando a vadiagem e a preguiça!

O verdadeiro necessitado não vem até nós tentando obter vantagem da nossa caridade e benevolência. Nós é que precisamos buscá-los e é neles que encontraremos Deus de onde poderemos retirar parte e transportá-Lo para o nosso interior e assim a cada dia somaremos parcelas suficientes para um dia poder dizer:

— *"EU TENHO DEUS COMIGO".*

Essa é uma obra de ficção criada e escrita pelo autor. Portanto, qualquer semelhança com fatos, nomes ou pessoas é mera coincidência.